NA ESCURIDÃO DA FLORESTA

Eliza Wass

NA ESCURIDÃO DA FLORESTA

A família Cresswell mantém seus segredos bem enterrados

Tradução
Cecília Camargo Bartalotti

1ª edição
Rio de Janeiro-RJ / Campinas-SP, 2017

VERUS
EDITORA

Editora
Raïssa Castro

Coordenadora editorial
Ana Paula Gomes

Copidesque
Katia Rossini

Revisão
Raquel de Sena Rodrigues Tersi

Capa
André S. Tavares da Silva
(baseada na original, publicada pela Hyperion, selo da Disney Book Group.)

Projeto gráfico
André S. Tavares da Silva

Diagramação
Daiane Cristina Avelino Silva

Título original
The Cresswell Plot

ISBN: 978-85-7686-423-3

Copyright © Eliza Wass, 2016
Todos os direitos reservados.

Tradução © Verus Editora, 2017
Direitos reservados em língua portuguesa, no Brasil, por Verus Editora. Nenhuma parte desta obra pode ser reproduzida ou transmitida por qualquer forma e/ou quaisquer meios (eletrônico ou mecânico, incluindo fotocópia e gravação) ou arquivada em qualquer sistema ou banco de dados sem permissão escrita da editora.

Verus Editora Ltda.
Rua Benedicto Aristides Ribeiro, 41, Jd. Santa Genebra II, Campinas/SP, 13084-753
Fone/Fax: (19) 3249-0001 | www.veruseditora.com.br

CIP-BRASIL. CATALOGAÇÃO NA FONTE
SINDICATO NACIONAL DOS EDITORES DE LIVROS, RJ

W283n

Wass, Eliza
   Na escuridão da floresta : a família Cresswell mantém seus segredos bem enterrados / Eliza Wass ; tradução Cecília Camargo Bartalotti. - 1. ed. - Campinas, SP : Verus, 2017.
   23 cm.

   Tradução de: The Cresswell Plot
   ISBN: 978-85-7686-423-3

   1. Ficção juvenil americana. I. Bartalotti, Cecília Camargo. II. Título.

16-38799
CDD: 028.5
CDU: 087.5

Revisado conforme o novo acordo ortográfico

Para Alan Wass

You made a blind man see,
You made a man out of me.

And if you go away on your own,
Please don't be too long,
I will be waiting here patiently,
From the moment you're gone.

— "From the Moment You're Gone",
ALAN WASS AND THE TOURNIQUET

Entalhei minha primeira estrela aos seis anos; quando cheguei aos dezesseis, portanto, havia estrelas por toda parte no bosque. Algumas delas eu nem me lembrava de ter feito. Às vezes me perguntava se mais alguém fazia aquilo — Hannan, ou Delvive, ou Caspar, ou Mortimer, ou Jerusalem. Ou meu outro irmão, o que morreu. Mas acho que eu sabia que era somente eu. Acho que sabia que eu era a única que entalhava estrelas.

UM

Às três horas da madrugada de domingo, eu me equilibrava no alto do telhado da sra. Sturbridge, vendo meu irmão puxar punhados de folhas molhadas com uma vareta. A sra. Sturbridge estava no hospital, portanto não havia risco de ninguém nos ouvir enquanto limpávamos a calha do telhado dela, mas Caspar fazia tudo em silêncio. Tínhamos de trabalhar à noite para que não nos vissem. Caspar dissera que era para fazer surpresa, mas a verdade é que ele não queria que papai ficasse sabendo.

Inclinei a cabeça para trás e apertei os olhos, fitando as estrelas.

— Quer saber uma coisa totalmente perturbadora que eu descobri na escola?

Eu sabia que ele não queria. "Totalmente perturbador" não fazia muito o estilo de Caspar. Mas ele era um bom ouvinte, então só me respondeu "O quê?" e continuou o trabalho.

— Você sabe que Cassiopeia é a *minha* constelação? — Papai tinha dado uma constelação a cada um de nós, como se elas lhe pertencessem pessoalmente. Caspar não esboçou nenhum gesto, porque não estava gostando do rumo da conversa. — Bom, resumindo a história: na mitologia grega, Cassiopeia foi castigada por ser vaidosa, e seu castigo foi ser amarrada a uma cadeira no céu. Então é lá que ela está, lá em cima no céu, amarrada. E essa é a *minha* constelação.

Lá embaixo, ouvi Mortimer, meu outro irmão, dar um grito empolgado. Era para ele estar de vigia.

— Você percebe que não é a própria rainha da Etiópia que está lá no céu, né? — ele falou. — Tem consciência de que os gregos inventaram toda essa bobagem, certo?

— Sim, mas o papai também a chama de Cassiopeia — respondi. — Então é claro que ele conhece a história.

— É verdade. Como é que o papai fala mesmo? "A Palavra tem muitos significados." Com certeza ele está tentando nos dizer alguma coisa. Acho que ele quer que a gente amarre você a uma cadeira.

— Como se fosse fazer diferença para mim — eu disse baixinho, de modo que apenas Caspar ouviu.

Ele arregalou os olhos. Isso era o que mais me incomodava em Caspar. Sempre que alguém demonstrava frustração, ele ficava surpreso. Ou melhor, *chocado* mesmo, como se isso nunca tivesse lhe ocorrido.

— Castley, este é só um período de espera. As coisas vão ser melhores no paraíso — ele disse suavemente. Deus devia estar de brincadeira quando lhe deu a voz, porque, embora Caspar parecesse um anjo e fosse de longe o mais bonito de nós, incluindo as meninas, ele parecia um operário de construção movido a dois maços de cigarro por dia quando falava, de um jeito que deixava as garotas totalmente alucinadas. Não que ele se desse conta disso.

— Eu não quero esperar. Quero as coisas melhores agora.

Ouvi Mortimer subindo apressado pelo cano de escoamento. O ratinho. Mortimer era quase albino, então era com ele que o pessoal da cidade pegava mais pesado. E era ele quem pegava mais pesado também, o que era de esperar.

— Não sei por que você acha que todo mundo está melhor que a gente — Mortimer disse, alcançando o telhado. — A vida é uma droga para todo mundo.

— Bom, eu trocaria de vida alegremente com qualquer um deles. Ser "abençoada com a verdade" é um pé no saco.

Caspar enrijeceu. Talvez eu tivesse ido longe demais. Ele se abaixou de repente, e o telhado balançou sob nossos pés.

— Caspar? O que foi? — Pensei que ele tivesse se ajoelhado para uma oração de emergência ou algo assim.

— Tem alguém lá embaixo — ele murmurou. Meu primeiro instinto foi não acreditar, o que só mostra quantas vezes eu já tinha sido enganada, mas então uma luz passou pelo telhado e acima de nossa cabeça. Mortimer se atirou para baixo, grudando-se às telhas. Passos pesados soavam na grama seca, e eu hesitei.

— Castley, abaixe! — Mortimer mandou. Provavelmente estava envergonhado por ter se deitado tão depressa.

Uma luz atingiu a chaminé, onde se transformou em um círculo amarelado. Oscilou ligeiramente, depois deslizou pelo alto do telhado, em minha direção.

Pode ser que eles me vejam, pensei e, estupidamente, quis ser vista. Quis tanto que acho que nem me importava com o jeito como aconteceria. Senti uma mão em meu pulso, e Caspar me puxou para baixo, a seu lado.

— Tem alguém aí? — Era a voz de um velho, e me arrancou do estupor. Não era um cavaleiro, ou um príncipe encantado, nem mesmo apenas um garoto adolescente vindo me resgatar.

Eu me agarrei a Caspar, apavorada agora, e senti o coração dele acelerado através das roupas de segunda mão.

— Olá? Tem alguém aí em cima ou não? — repetiu o homem, como se o estivéssemos mantendo em suspense. Um cachorro uivou ao longe, do outro lado do campo. — Devem ser só ratos — disse e se afastou arrastando os pés pela grama.

Ficamos paralisados por um longo tempo, Mortimer estendido como um boneco no telhado e Caspar a meu lado, olhando para o céu. Mortimer se sentou. Torceu os lábios volumosos e lambeu os dentes, fazendo uma pequena careta.

— Que beleza, hein, Castley? Ele quase viu você.

— Mas viu *você* totalmente. — Eu me afastei de Caspar. — Não ouviu o que ele disse? "É só um rato."

— Ele disse "só ratos".

— Talvez seja melhor vocês irem embora — Caspar falou de repente. Ambos nos viramos, boquiabertos, como se não pudéssemos acreditar que ele não nos quisesse ali. Nenhum de nós estava ajudando. Tínhamos nos oferecido para ficar de vigia e falhamos até nisso.

— Caspar... — comecei. Ele pegou a vareta e a enfiou na calha, puxando lama, que caiu em grumos molhados no chão abaixo. *Provavelmente vão pensar que os ratos fizeram isso. Ratos, ou talvez Deus. Imagino que seja isso que Caspar quer.*

— Vamos, Castley. Vamos embora. — Mortimer deslizou pelo telhado na direção da calha. Embora fossem quase opostos perfeitos, Mortimer tinha um estranho respeito por Caspar.

Olhei para Caspar. Talvez, se eu tivesse realmente ajudado, ele me deixasse ficar. Eu poderia ter trazido uma vareta também, ou até mesmo ter tirado as folhas com as mãos.

Caspar tinha uma obsessão por fazer coisas boas para as pessoas da cidade — as pessoas que nos odiavam, que riam de nós, que diziam coisas horríveis e revoltantes a nosso respeito. Ele gostava de varrer a varanda delas, ou limpar os jardins, ou lavar as janelas. Eu não tinha tanta afeição assim por essas pessoas.

— Tudo bem — falei. — Vamos.

Desci pelo cano atrás de Mortimer. Ficamos em silêncio enquanto seguíamos junto à cerca que separava a fazenda Sturbridge da fazenda Higgins. Quando chegamos ao bosque, ambos abrimos a boca ao mesmo tempo.

— Você não devia testar o Caspar assim...

— Você acha que amanhã vai estar quente para a gente ir nadar? Espera... como assim, testar o Caspar?

— Ficar se agarrando nele daquele jeito. — Mortimer afastou um galho de árvore.

— Do que você está falando? Eu estava com medo!

— Só estou tentando te fazer um favor. Não aja como se não soubesse do que estou falando.

Eu queria dizer algo, mas não disse, pela mesma razão que sempre me fazia ficar quieta: porque eu nunca tinha certeza do que eles pensavam, nenhum de meus irmãos e irmãs. Nunca tinha certeza de quanto eles acreditavam. Não sabia ao certo nem mesmo quanto *eu* acreditava, porque o papai acreditava em um monte de coisas doidas.

Meu pai nos ensinou que éramos as únicas pessoas puras que restavam na terra, as únicas pessoas dignas e, por causa disso, teríamos de nos casar entre nós. Não em uma cerimônia civil ou algo assim, o que seria ilegal, mas em uma cerimônia celestial. Eu deveria me casar com Caspar, Delvive com Hannan, e a pobre e doce Jerusalem teria de ficar com Mortimer.

Quando eu era mais nova, pensava sinceramente que garantir Caspar para mim era uma vitória. *Que sorte, fiquei com o irmão bonito e bonzinho!* Depois aconteceu o acidente com a mamãe e fomos forçados a ir para uma escola real, e descobri que casar com o próprio irmão não só é ilegal como totalmente repugnante.

Os seis irmãos Cresswell, unidos para toda a eternidade. Era perfeito demais, exceto pelo fato de que... houvera um irmão mais velho. Seu nome também era Caspar. Ele nascera antes de nós, os trigêmeos (Delvive, Hannan e eu), mas morreu. E o *novo* Caspar, aquele com quem eu deveria me casar um dia, era, na verdade, uma reencarnação do que viera antes.

Estremeci de frio.

— As aulas começam amanhã. — Eu não tinha nada mais a dizer sobre isso. Tinha aprendido a não ficar muito entusiasmada com a escola.

— É — Mortimer respondeu, lambendo os dentes.

— Tem algum problema com a sua boca?

Ele se eriçou e avançou entre as árvores.

— Não.

— É que você fica mexendo nela. Fica enfiando a língua entre os dentes, como se tivesse alguma coisa aí.

— E o que exatamente eu poria aqui, irmãzinha querida? Uma mala? Um guarda-chuva em miniatura?

Ri sem querer e corri atrás dele.

— Não sei, achei que você podia ter cortado o lábio. — Vi os olhos dele examinando meu rosto, procurando pistas. — Pode me dizer. Nunca vou contar para ninguém. — Isso só era verdade havia pouco tempo. Eu era uma linguaruda quando pequena; todos nós éramos. Havia uma competição entre nós. *Se o papai amar menos seus irmãos e irmãs, amará mais você.*

Mortimer apertou os lábios e fez uma careta de dor.

— Juro pela vida da mamãe que não vou dizer nada — falei. Era muito sério fazer esse juramento, porque, durante quase todo o tempo de sua existência, mamãe havia estado à beira da morte.

Talvez tenha sido por isso que Mortimer parou e se apoiou no tronco de uma árvore, de modo que uma de minhas estrelas ficou acima de seu ombro. Ele tinha lábios enormes, seu único traço bonito. Cheios, carnudos e da cor de frutas vermelhas. Prendeu o lábio superior entre os dedos e o rolou para cima como uma cortina. Do lado de dentro, havia um caroço vermelho-vivo e inchado, com jeito de ser muito dolorido.

— Meu Deus, o que aconteceu? O papai...

Ele soltou o lábio.

— Não, não foi o papai que fez isso, sua idiota. Mas estou morrendo de medo de ele descobrir.

— O que é isso? Será... herpes? — perguntei. Irritado, ele se afastou da árvore e recomeçou a avançar pelo bosque. — Ah, meu Deus. Você pegou de alguém? — Ele literalmente rosnou, então tentei me conter. De todos os meus irmãos e irmãs, Mortimer era o último que eu esperaria que fosse beijar alguém. Não só por causa de sua aparência, mas porque ele detestava praticamente todo mundo. — Ah, meu Deus! Quem você beijou?

— Pare de falar "ah, meu *você-sabe-o-quê*"! — Esse era o tipo de coisa que me confundia em meus irmãos e irmãs. O jeito como passavam por cima de algumas regras e, ao mesmo tempo, faziam questão de outras. Mortimer havia acabado de confessar que tinha beijado alguém e lá estava ele, me repreendendo por ter pronunciado o nome do Senhor em vão.

— Uau. Se o papai descobrir, você está bem encrencado. Não consigo nem imaginar quanto. — Ele saiu correndo por entre as árvores. Estávamos quase em casa. Estendi o braço para segurá-lo. — Espere! Desculpe. Talvez eu possa te ajudar.

— Como? — ele falou com impaciência, mas se deteve mesmo assim e ficou enrolando a mão no moletom.

— Você pode comprar uma pomada. Vai doer menos e curar mais depressa. — Papai não acreditava na medicina moderna. Não que ele fosse dar uma pomada para tratar um pecador beijoqueiro, de qualquer modo. Tentei parecer solidária, mas queria tanto saber quem Mortimer tinha beijado que podia sentir a curiosidade formigando na ponta dos dedos.

— Ah, é? E você vai comprar para mim?

— Não. Mas posso roubar.

As pupilas dele se arregalaram, pretas no meio dos olhos cinzentos.

— Castley.

— Qual é o problema? Eu nunca sou pega. Sei que você é, mas eu sou esperta e tomo cuidado. Vou roubar para você. E vai ser hoje.

— É domingo. A farmácia está fechada.

— Deve ter no Great American. Tem de tudo no Great American.

Ele passou a língua sobre o inchaço.

— Castley, você não vai conseguir escapar no Great American. Eles sabem quem somos; a cidade inteira nos conhece. Temos má reputação por roubar.

— Graças a você.

Ele fez um muxoxo.

— Não ouvi você reclamar nenhuma das vezes em que eu lhe trouxe chocolate, ou por aquele bife que assamos no bosque.

— Aquele foi o melhor. — Sorri. — Então, está vendo? Eu lhe devo isso. Pelo menos quero tentar. E não tenho medo deles.

— Não é com eles que eu estou preocupado.

E então a casa apareceu, a nossa espera, vestida em sombras, envolta em madeira apodrecida. Eu odiava nossa casa mais do que qualquer outro lugar na Terra. Cada corredor, cada quina, cada cantinho trazia uma lembrança. Se eu ficasse olhando por muito tempo para qualquer ponto da casa, corria o risco de me afundar nele e me afogar em uma recordação até emergir gritando.

Na borda do bosque, hesitei. Em minha mente, corriam os pensamentos habituais. *Você podia ir embora. Podia simplesmente partir e nunca mais voltar.* Mas, então, um milhão de outros pensamentos se intrometiam, como sujeira atrás de uma vassoura. *Você não tem idade suficiente. Precisa ser capaz de se sustentar para se emancipar, e não tem amigos nem parentes. Se procurasse um serviço de proteção a crianças e adolescentes, se fizesse uma denúncia contra ele, a família inteira se voltaria contra você. Você ainda o ama.* E o pior de todos: *E se ele estiver certo?*

Nenhum desses pensamentos jamais deixava minha cabeça. Eu os mantinha sob rígido controle, sufocando-os, empurrando-os para o fundo quando chegavam muito perto da superfície.

Havia coisas que não se podia dizer nunca, porque, no momento em que fossem ditas, mudariam *tudo*.

Eu me balancei sobre os calcanhares.

— Que horas são?

— Hum, não sei. Cinco?

— Por que não vamos agora, antes das orações? — Orávamos todas as manhãs, às seis e meia. Eu não via razão para voltar para casa naquele momento. Não íamos mais dormir mesmo. Todos tínhamos problemas com o sono, exceto Hannan, que se forçava a dormir por causa do futebol americano. O restante dormia e acordava várias vezes ao longo da noite, revirando na cama. Acho que sabíamos quanto estávamos perdendo, e isso nos mantinha acordados à noite. Acho que tínhamos medo de perder mais.

Mortimer balançou a cabeça.

— Não vamos voltar a tempo.

— São só três quilômetros daqui. Vinte minutos no máximo. É perfeito. Não vai estar cheio de gente.

— É melhor se *estiver* cheio de gente. Se você não quiser ser vista.

— Ninguém nunca me vê. Eu praticamente não existo.

Mortimer fez uma careta, mas, quando me virei, ele me seguiu. Caminhei depressa. Concentrei-me em não pensar no que aconteceria, em não fazer planos. Porque fazer planos só levava à decepção. Quando se tentava forçar o futuro, ele nunca saía da maneira como se havia imaginado. Papai me ensinara isso. Ao planejar tudo, ele me ensinara isso.

Eu queria que minha vida, um dia, fosse totalmente aberta. Queria viver sem mapa. Queria que tudo, até mesmo a estrada em que eu caminhava, desaparecesse, de modo que, pelo menos uma vez na vida, eu não soubesse para onde estava indo.

Era nisso que eu me concentrava: possibilidade. Não tinha medo. E, quando o Great American apareceu, achei que estava pronta.

— Fique aqui — eu disse a Mortimer. Em vez de fazer cara feia ou resmungar, ele se encolheu atrás de uma árvore e ficou me observando à medida que eu avançava.

DOIS

*O Great American era um posto de gasolina com loja de conveniên-*cia, à margem da rodovia principal para Almsrand. O céu começava a clarear, mas o estacionamento estava deserto. Lupe, sentado atrás do balcão, fitava um ponto fixo no espaço com a cabeça inclinada para trás, como se estivesse entrando em transe.

Eu acreditava sinceramente que poderia entrar direto e ele nem ia me notar. Era assim que eu me sentia naquela cidade. A maioria das pessoas, as chamadas "pessoas de bem", olhava para o outro lado quando atravessávamos a rua, assim como meus professores nunca me olhavam nos olhos quando percebiam meus pulsos machucados, como os meninos colidiam comigo no corredor, faziam piadas pelas costas e se afastavam depressa. Delvive e eu fazíamos a aula de teatro, e juro que, mesmo quando representávamos nossas cenas, mesmo quando éramos as únicas duas pessoas no palco, nossos colegas ainda conseguiam não nos ver.

Então achei que poderia entrar invisível no Great American.

Atravessei o estacionamento. Quando cheguei à calçada, tentei evitar meu reflexo nas janelas: a pele pálida e acinzentada, o vestido de algodão largo e disforme, os cabelos ressecados, presos em uma trança elaborada. Em minha cabeça, eu me imaginava tão diferente de minha aparência real que às vezes ficava chocada quando me via.

Baixei o queixo e prossegui em direção à porta. Quando a abri, o sininho tocou (pelo menos acho que tocou), mas Lupe não levantou a cabeça. Curvei o corpo e me escondi em um corredor, percorrendo a estante de revistas até uma pequena seção de artigos de saúde. Agachei no chão, com os joelhos enfiados dentro da saia. Passei os olhos por camisinhas, absorventes e pomadas analgésicas.

Pomada antiviral. Eu a peguei no momento em que o sininho da porta soou — uma vez, duas, depois mais quatro vezes. Vi os pés primeiro, uma trilha de botas Ugg multicoloridas, e soube que eram meninas da minha idade. Quando você vive uma vida que odeia, não há absolutamente nada pior que as pessoas que vivem a vida que você gostaria de ter. Mesmo assim, não pude deixar de olhar.

Inclinei-me para trás, com cuidado, mas curiosa, até avistar o sorriso desagradável de Riva. Ela usava um macacão. Todas elas usavam: Riva, Lisa, Darla, Emily Higgins e uma garota negra que não reconheci, vestidas em cores vivas e alegres, com estampas divertidas, como se roupas pudessem ser compradas sob a forma de piada. Todas tinham mechas cor-de-rosa nos cabelos; provavelmente haviam se reunido para fazer isso. Deviam ter dormido na casa de uma delas.

— Lupe! — Riva guinchou. Ela não era popular, mas fazia tudo o que os populares faziam, como se achasse que as pessoas acabariam por se acostumar e venerá-la também. — Vamos fazer panqueca! Você tem as coisas de panqueca?! — Tudo o que ela falava sempre terminava com um ponto de exclamação.

Lupe pôs na cara seu grande sorriso pateta e começou a andar atrás delas pela loja, como se estivesse feliz em ouvir aqueles gritinhos agudos.

— Lupe! Onde está a boa?! Esta não é a boa! Aquela com o cavalinho! Lembra?! Eu amo aquela! Lupe, hoje é meu aniversário! Adivinhe quantos anos eu tenho! Não sou velha o suficiente para você!

As outras meninas falavam também, mas não havia como saber o que elas diziam quando Riva estava junto.

Eu devia ter saído correndo. Era a oportunidade perfeita. Caspar teria dito que era uma "bênção", como dizia de todas as coisas boas (embora nunca tivesse palavra nenhuma para quando coisas ruins aconteciam). Lupe tinha saído do balcão. O caminho para a porta estava livre.

Em vez disso, eu me senti murchar. Senti que ia ficando mais encolhida, com a caixinha apertada na mão, como se pudesse simplesmente aproveitar a oportunidade para me dissolver no chão da loja. Nem sequer notei quando elas vieram por trás de mim.

— Ei! — disse Lisa. Ela recuou depressa, colidindo com a menina nova que estava atrás.

A menina tinha o cabelo trançado em um halo em volta da cabeça. Alguma coisa em sua postura me fez encolher ainda mais.

— Eu conheço você — disse ela. Mas eu tinha certeza de que nunca a havia encontrado na vida.

Lisa reparou na pomada antiviral apertada em minha mão suada, e eu senti o pescoço, o rosto, os cílios, tudo ficar vermelho. Ela franziu a testa.

— Eu achei que vocês não acreditavam em medicina moderna — falou, como se eu fosse uma experiência sociológica.

— Ei! Lisa! Amity! Com quem vocês estão falando?! — Riva apareceu do outro lado do corredor (*é uma armadilha!*), com seu pequeno exército em fila atrás dela. — Ai, meu Deus! Vocês estão de brincadeira comigo!

Minha mente ficou paralisada. O nome disso é "pânico". Eu precisava sair dali, mas não podia passar por Riva com a pomada antiviral. Ela pensaria que eu tinha herpes ou alguma outra doença nojenta. Além disso, eu não estava exatamente planejando pagar por aquilo.

Enfiei a pomada de volta na prateleira, derrubando camisinhas, absorventes e pomadas analgésicas. Então saí correndo, literalmente correndo, em direção à porta.

Empurrei Riva na passagem e ela disse um palavrão, estendendo os braços para me agarrar. Corri pelo estacionamento, passando pela mãe de Riva, que esperava em seu Range Rover. Ouvi todas elas rindo. Ouvi Riva e seus pontos de exclamação provocando ataques de riso nas outras meninas.

Mortimer tentou me pegar quando passei correndo.

— Conseguiu? — Mas eu não parei de correr. Ouvi os passos dele vindo atrás de mim. — Castley! Você conseguiu? Alguém te pegou? Alguém está nos seguindo? — Os passos dele ficaram mais lentos, mas eu continuei correndo. Corri ainda mais rápido. — Castley! — ele chamou, mas acabou por me deixar correr. E eu corri e corri, até estar totalmente sozinha.

A única coisa boa em casa era a facilidade para entrar e sair escondido, porque ela era muito grande.

Cheguei ao quintal e conferi se o caminho estava livre. Então hesitei e segui pela borda do bosque, contornando a casa. Talvez não fossem seis horas ainda, e eu não queria voltar para o meu quarto, onde sem dúvida Delvive, minha irmã trigêmea, ia querer saber por onde eu tinha andado. Imaginei se Caspar já teria voltado. Achei que talvez fosse melhor esperar por ele, então me sentei na terra e abracei os joelhos.

Às vezes, no bosque, se eu fechasse os olhos, se realmente me concentrasse, podia fazer com que tudo caísse de mim. Eu estremecia primeiro, como se estivesse deixando cair uma mochila pesada. Depois sentia luz por toda parte, espetando a pele clara de minhas pálpebras. E, quando abria os olhos outra vez, a luz ainda estava lá, pelo menos por algum tempo. Eu costumava pensar que a luz era Deus.

Tentei fazer isso de novo, mas não consegui perceber nenhuma luz, apenas uma escuridão leitosa que me fazia sentir frio e medo.

Ouvi passos. Eram passos desajeitados, irregulares, amedrontados. Mortimer estava correndo em minha direção. Em uma das mãos, trazia uma caixinha branca familiar. A blusa de moletom dele estava rasgada e balançava solta ao lado do corpo. Seus pés deslizaram e pararam na minha frente, e ele caiu de joelhos.

— Você acabou de me meter em uma encrenca enorme! — Apertou a caixa junto ao peito.

— Do que você está falando? Eu não fiz nada.

Mortimer agarrou meu pulso. Seus olhos estavam assustados.

— O Lupe chamou a polícia. O bosta do policial Hardy me pegou pelo braço. — Ele levantou a manga, com o tecido rasgado pendendo. Meu coração deu um salto em meio a um arrepio gelado.

— Ele não vai fazer nada — falei. — Não vai vir aqui. Não depois do que aconteceu na última vez. Lembra o que eles disseram? Precisam de provas.

— Isso não tem a ver com o papai, tem a ver comigo. Castley, eu roubei da loja. O Lupe me viu. Tenho certeza. Tinha umas meninas da escola saindo quando eu entrei.

— Aquelas meninas são umas idiotas — grunhi, pressionando as mãos nas têmporas. — Meu Deus, eu te falei. Por que sempre pegam você?

Ele se levantou, cambaleante.

— Você não está ajudando. — Mortimer se pôs a andar de um lado para outro diante de mim, passando os dedos pelos cabelos em sua agitação. — Não acredito que isso está acontecendo.

— Mortimer, a polícia nunca faz nada. Para que alguma coisa aconteça, eles teriam de admitir que nós existimos, e você sabe que isso não vai acontecer.

— Não é com a polícia que estou preocupado.

Meu coração se apressou dentro do peito. *Se papai descobrir...*

— Mas ele não vai descobrir. Como descobriria? Ele não conversa com ninguém da cidade.

— Onde está o Caspar? — Mortimer perguntou. — Preciso falar com ele.

Olhei para as árvores.

— Não sei onde ele está. Não vi ele entrar.

Mortimer juntou as partes da manga rasgada, como se ela pudesse se consertar magicamente.

— Acho melhor eu voltar até a fazenda Sturbridge para ver se ele está lá.

— Mortimer, eu não acho mesmo que a polícia vai fazer alguma coisa. Sério. Vai ficar tudo bem.

Ele começou a se afastar.

— Então tá. Muitíssimo obrigado.

— Como algo que você fez pode ser *minha* culpa? — gritei atrás dele. — Você é uma pessoa! As decisões que você toma são suas! — Ele nem deu sinal de ter ouvido.

Que idiota. Que idiota por ter entrado no Great American logo depois de eu causar toda aquela confusão. Bem feito para ele, mas, se o papai descobrisse...

Eu me apoiei em um tronco de árvore. A casa parecia se avolumar diante de mim, escura e cheia de segredos. Eu não queria voltar para lá. Não. Eu não voltaria para lá naquele momento. Virei e corri em direção à fazenda Sturbridge.

A luz de início da manhã se filtrava por entre as árvores enquanto eu me apressava pelo bosque. Eu adorava o bosque; não tinha como não gostar. Ele era livre, selvagem e belo. Tudo o que eu não era. Em meus sonhos, eu era o bosque. Na realidade, eu era... Não conseguia nem pensar em nada que se encaixasse.

Eu me deixei extraviar um pouco, contando estrelas, lembrando os dias em que as havia entalhado. Então ouvi movimento à frente.

— Morty? — chamei, sentindo o peito se apertar. Tinha certeza de que Mortimer, meu querido irmão, continuaria me culpando pelo que havia acontecido, embora não fosse de modo algum minha culpa ele ter nascido um completo idiota.

— Cass? É você? — Caspar surgiu entre as árvores, parecendo todo angélico e celestial, como de hábito. Caim e Abel, meu irmão bom e meu irmão mau. — O que está fazendo aqui? — Ele estendeu a mão e tirou uma folha do meu cabelo.

— Você viu o Mortimer? Ele estava te procurando. — Comecei a caminhar ao lado dele.

— Não.

— Acho que ele pode estar encrencado.

— Como assim? — Caspar torceu os lábios carnudos. Seus lábios não eram enormes como os de Mortimer, mas tinham um volume que o fazia parecer bobo e sensual ao mesmo tempo.

Eu lhe contei o que havia acontecido, deixando de fora a parte em que eu entrara lá primeiro. Basicamente menti, mas Caspar entendeu a situação.

Chegamos à borda do bosque. Eu sabia que devia ser a hora das orações, porque Caspar era como um relógio para essas coisas. Fiquei para trás, me enfiando atrás das árvores. Para nós, o bosque era como uma zona de segurança, um lugar onde podíamos ser sinceros, um lugar onde podíamos ser nós mesmos. Quando ultrapassávamos a linha das árvores para ir à escola ou para casa, todo o jogo mudava.

— O que vamos fazer?

Caspar franziu a testa. Ele estava com aquela expressão no rosto, a expressão que fazia de vez em quando, como se estivesse tendo uma conversa com seu anjo da guarda.

— Entre antes que fique muito tarde — disse ele, o que não respondia minha pergunta, depois se virou e retornou ao bosque.

Precisei de muito cuidado para entrar. Já era suficientemente tarde para todos estarem acordados. Se mamãe tivesse tido uma noite difícil, papai poderia estar na cozinha preparando uma de suas poções "medicinais".

Eu me esgueirei pelo pátio dos fundos, escondendo-me atrás do banheiro externo e do galpão enquanto avançava. Havia um balde virado ao contrário sob a janela da cozinha, mas ele não ficava muito evidente, porque o pátio, como a maior parte da casa, era uma bagunça total. Papai tinha obsessão por não desperdiçar coisas, e, como nós mesmos nunca comprávamos nada, isso significava as coisas de outras pessoas. Coisas que ele encontrava nas laterais da estrada quando dirigia a caminhonete como um sucateiro, salvando o mundo do desperdício.

O galpão, o alpendre e o pátio estavam lotados de sucata. Ganhávamos dinheiro consertando coisas para vender. Papai ia às feiras de fim de semana, geralmente com Caspar, porque ele era bonito de ver e não reclamava, e às vezes com Baby J, porque ela se ajeitava em qualquer lugar e ficava pintando, e as pessoas adoravam observá-la.

As pessoas adoravam Baby J. Adoravam o nome real dela, Jerusalem. Adoravam o fato de ser miúda e ter um jeito sereno. Adoravam que ela nunca falasse; as pessoas achavam isso realmente fabuloso. "Que maravilha", diziam, "ela conseguir falar tão belamente por meio de suas pinturas." O que não percebiam era que Baby J podia falar, como qualquer um de nós. Nem o pessoal da escola parecia lembrar que ela falara até os seis anos de idade, o mesmo ano em que Morty quebrou a clavícula e a polícia invadiu nossa casa.

A janela da cozinha estava sempre um pouquinho aberta, para que pudéssemos entrar. Dei uma boa olhada por ali primeiro, segurando a respiração e tentando sentir se havia pessoas por perto.

Depois, agi com rapidez. Enfiei o dedinho na fresta e ergui a janela até caber uma das mãos. Levantei a janela devagar, para ela não ir enroscando na moldura enquanto subia. Tomei impulso sobre o balde, pressentindo que um dia ele iria quebrar, e pulei para a pia da cozinha.

Alcancei o chão o mais rápido que pude. Precisava ter cuidado, porque havia baldes de água por toda parte no piso da cozinha, como se fosse o jogo de xadrez mais molhado do mundo. Isso era outra coisa em que papai tinha fixação: estar preparado. Ele acumulava água das torneiras até que ela começasse a feder e tivesse de ser trocada.

Acho que isso fazia sentido naquela casa, onde os encanamentos viviam dando problema e havia apenas um banheiro em funcionamento, o qual só tínhamos permissão para usar à noite e, mesmo assim, apenas em caso de "emergência" (caso contrário, devíamos usar a latrina externa). Papai não acreditava em encanadores. Achava que, quando o encanamento falhava, isso era um modo de Deus nos testar e nós precisávamos suportar.

Eu estava me equilibrando entre os baldes quando a porta da cozinha se abriu. Fiquei paralisada, sentindo a rajada estranha e fria do medo. Percorri a lista de desculpas. Eu poderia dizer que tive que usar o banheiro externo, mas isso entregaria a janela. Poderia dizer que tinha ido tomar água. Sim. E, se ele perguntasse por que eu não usara a pia de cima, eu poderia dizer que a água de lá estava com gosto ruim, o que era verdade.

Só que não foi papai que entrou pela porta. Foi Hannan, que era o mais parecido com papai e me deu um susto e tanto mesmo assim.

— Caramba! O que você está fazendo? — Ele esfregou os olhos.

— Vim pegar água — eu disse, antes de perceber que talvez ele nem esperasse uma resposta.

Hannan passou por mim, desviando-se habilmente dos baldes no chão, e foi até o armário. Eu me apressei em direção à porta.

— Ei! — ele chamou. Eu me virei e o vi com um copo na mão.

— Ah — falei, com cara de boba. Ele foi até a pia e o encheu para mim.

Hannan, Delvive e eu éramos trigêmeos, mas, dentre todos os irmãos e irmãs, até mesmo Jerusalem, Hannan era o mais difícil de decifrar. Ele era o quarterback do time do colégio e realmente fantástico no futebol, mas tudo o que fazia era comer, dormir e treinar. Eu não tinha ideia do que ele pensava sobre nada, sobre papai, a escola ou a vida em geral. A única coisa interessante que ele já fizera foi acompanhar Claire, a chefe das animadoras de torcida, da escola para casa. Quando papai descobriu, isso valeu a Hannan uma semana no Túmulo.

O Túmulo era uma caverna embaixo de um anfiteatro de pedra no bosque. Era uma espécie de esgoto e tinha sido construído para drenar o excesso de água da chuva e neve, mas, de acordo com papai, havia sido posto ali por Deus como um lugar de reflexão. Geralmente, essa reflexão era forçada.

Hannan tinha ficado no Túmulo uma vez, e Mortimer muitas vezes. Caspar descia voluntariamente sempre que desconfiava que havia feito ou pensado algo errado e queria ir adiantando o castigo. Às vezes ficava lá por dias, sem comida, o que deixava papai definitivamente exultante. Acho que era porque isso provava que ele estava certo. Provava que não podia ser tão ruim ficar trancado em um esgoto, sem comida nem água, no meio do bosque, tendo apenas Deus como companhia (se Deus achasse que valia a pena ficar por perto). Se um garoto ia para lá de livre e espontânea vontade, não podia ser tão ruim.

Nenhuma de nós, meninas, já tinha estado no Túmulo — não porque papai achasse que éramos sensíveis ou algo assim, mas porque nunca tínhamos sido pegas fazendo algo errado. Éramos espertas. E espertas demais para ir voluntariamente.

Agradeci a Hannan quando ele me entregou a água, o tempo todo imaginando se ele sabia que eu tinha saído de casa ou se realmente acreditara que eu era tapada o bastante para ir pegar água sem me lembrar de pegar um copo antes. Não lhe perguntei, porque era assim que interagíamos dentro de casa. Encenávamos o tempo todo, porque alguém sempre estava observando.

Segurei o copo de água perto do corpo e corri para a escada. Não queria ser a primeira lá embaixo e me arriscar a que papai tivesse uma conversa pessoal comigo.

Delvive, Baby J e eu dividíamos um quarto. Havia quartos suficientes na casa para cada um de nós e ainda sobrava, mas não tínhamos aquecimento central. Então nós três, meninas, dividíamos um, e os três meninos faziam o mesmo.

Nosso quarto era decorado com flores mortas, penduradas em fios que se cruzavam várias vezes, como um véu de noiva. Quando entrei, Delvive e Baby J estavam sentadas no chão, de pernas cruzadas, com Baby J na frente e Delvive atrás, trançando seus cabelos.

— Bom dia — eu disse. Baby J se virou para sorrir, mas Del empurrou a cabeça dela de volta para a posição anterior.

Pus o copo de água no chão, sentei-me atrás de Del e comecei a arrumar seus cabelos, que tinham se encrespado totalmente durante a noite. Baby J arrumaria os meus quando os dela estivessem prontos.

Estávamos de frente para a janela, e às vezes uma árvore balançava, o que me fazia imaginar se era Caspar ou Morty voltando para casa — ou fugindo.

TRÊS

Nós, as três irmãs, descemos a escada juntas. Ficávamos juntas o máximo que podíamos, não só em casa, mas na escola também. Sentíamos mais segurança em grupo. Papai estava na sala quando chegamos, lendo seu livro naquela postura forçada, como se soubesse que alguém estava observando e achasse que a pessoa poderia obter uma imagem bonita.

Mamãe estava no canto. Só de olhar para ela eu já podia perceber que era um dia ruim. Ela estava pálida e com os braços cruzados e apertados em volta do corpo. Minha mãe havia sido a mulher mais bonita do mundo, e não estou exagerando. Parecia uma boneca: cabelos loiros muito claros, como os de Morty, olhos azuis como os de Caspar, etérea como Delvive. Mas tinha envelhecido como uma boneca, rachada e gasta. O pior de tudo era a perna direita, torta para o lado.

Ela a havia quebrado caindo da escada. Não foi para o hospital. Recusou-se a ir. Quando aconteceu, ela só olhou para o papai e disse: "Deus vai me curar, Deus vai me curar", enquanto seus olhos diziam: *Eu sei que você sente muito*. Mas Deus nos saiu um médico amador, mesmo com a ajuda que papai lhe deu: as talas rudimentares, as poções e as bênçãos de cura. A perna dela nunca mais foi igual àquela que Deus havia lhe dado, e ela não voltou a andar.

Muitas vezes, ela parecia sentir orgulho disso, como se o fato provasse algo sobre seu caráter, sobre sua fé, sobre seu amor por papai, o que valia mais do que caminhar pelo bosque, ou correr pelos campos, ou nadar no lago.

Nós, as três meninas, entramos de cabeça baixa e ocupamos nossos lugares: Baby J no sofá ao lado de Hannan, Del e eu no chão, aos pés deles. Caspar e Mortimer ainda não tinham chegado.

Papai levantou os olhos do livro.

— Hannan, onde estão seus irmãos?

Hannan devia saber de nossas atividades noturnas, mas nunca participava. Mesmo assim, respondeu apenas:

— Eles não estão lá em cima, meu pai.

— Você os viu sair?

— Não, meu pai. Eu estava dormindo.

Papai examinou o livro como se estivesse verificando sua opinião sobre o assunto, depois o fechou.

— Alguém sabe aonde Mortimer e Caspar foram?

Mantive os olhos fixos no chão, sem confiança em mim mesma para levantar a cabeça. Papai afirmava que Deus lhe avisaria se estivéssemos mentindo, mas, nessa tarefa, Deus nem sempre acertava, então decidi não ajudá-lo.

— Castella? — disse ele. Meu coração disparou. A boca ficou seca e o maxilar hesitou. — Delvive? Jerusalem?

Ele falou o nome delas também, mas tinha dito o meu primeiro, o meu na frente, quando Delvive era alguns minutos mais velha do que eu e deveria ter sido chamada antes. Será que isso significava que Deus havia lhe contado? Será que significava que ele sabia?

Meu lábio superior estava úmido, a garganta seca. A respiração ecoava no vazio do crânio.

— Hannan. Estou decepcionado com você. Você divide o quarto com seus irmãos. É o segundo mais velho, e cabe a você vigiá-los. — Papai chamava Hannan de segundo mais velho, embora nós três, Hannan, Delvive e eu, tivéssemos quase dezessete anos, e Caspar apenas quinze. Ele considerava Caspar o filho mais velho porque era o espírito ressuscitado de nosso irmão primogênito.

— Desculpe, meu pai — disse Hannan. Quando isso não funcionou, ele acrescentou: — Vou me esforçar para melhorar.

— Como posso começar se meus filhos não estão presentes? Se meus filhos não estão presentes e um deles está mentindo?

Eu não sabia se ele se referia a Hannan ou se sabia que era eu. Meu coração se encolheu como um feto dentro das costelas. Mantive a cabeça baixa, com as faces queimando. Pelo canto do olho, vi Hannan me lançar uma olhada rápida.

— Hannan. — Papai se moveu em nossa direção. — Há alguma coisa que você queira me contar? — O olhar dele se voltou para mim. Talvez Deus tivesse lhe contado, mas parecia mais provável que tivesse sido eu mesma, com meus punhos apertados, o rosto vermelho e a incapacidade de encará-lo.

— Não sei, meu pai — disse ele. — Esta manhã eu encontrei...

Levantei os olhos depressa. Ele não faria isso.

Alguém bateu na porta da frente. Meu coração relaxou tão depressa que cheguei a suspirar. Papai caminhou a passos rígidos até a porta.

Eu sabia que eram Mortimer e Caspar, mas não sabia o que iriam dizer, especialmente porque Caspar se recusava a mentir sobre o que fosse.

Papai os mandou entrar. O rosto de Mortimer estava manchado de terra e de linhas sinuosas e salgadas, como se ele tivesse chorado, embora eu não pudesse imaginar isso. O halo invisível de Caspar continuava firme enquanto papai os alinhava para o interrogatório.

— Onde vocês estavam? — ele perguntou a Caspar, somente a Caspar, sabendo que este não mentiria.

Ele respondeu de imediato:

— Estávamos limpando a calha da sra. Sturbridge. Foi minha ideia, meu pai. — Pausa. O ar estalava de tensão, ou talvez fosse apenas em minha cabeça. Caspar iria mesmo contar uma mentira? Iria tirar Mortimer da enrascada? — O Morty vai contar o resto. — Que ilusão a minha.

Eu me levantei. Se Caspar era perfeito demais para assumir a culpa, então eu o faria.

— Foi minha culpa. Foi minha ideia ir ao Great American...

O rosto de Mortimer ficou lívido. Eu congelei. Ele não planejava dizer a verdade, claro que não. Caspar não estava disposto a mentir, mas Mortimer estava. E Caspar ficaria quieto. Eu agira como uma completa idiota.

Papai inclinou a cabeça. Era um homem assustadoramente atraente — ou talvez fosse apenas atraente, e a parte do susto fosse minha. Seus músculos estavam tensos como cordas, sob uma pele esticada demais. Os dentes eram um vidro leitoso, um pouquinho longos em excesso, o que dava a seu sorriso um aspecto feroz.

— O Great American — ele cantarolou. Esta era a coisa mais mágica em papai: sua voz. Quando éramos pequenos (e mesmo quando talvez já fôssemos velhos demais para isso), ele nos contava as mais incríveis histórias na hora de dormir: longas fantasias com princesas puras e virginais e cavaleiros galantes e demônios terríveis e tentadores, que sempre conseguiam convencer o herói a cometer um erro fatal. Elas sempre acabavam mal, todas as suas histórias, e foi só depois da vinda da polícia, quando fomos forçados a nos matricular na escola, que eu soube que nenhuma outra história no mundo terminava daquele jeito. Só as de papai.

Foi nisso que pensei enquanto ele estava ali parado diante de mim. Foi isso que disse a mim mesma: *Conte uma história. Minta.* Estremeci, como se a ideia tivesse me espetado. Meus olhos ficaram fechados por tempo demais, e eu me senti zonza.

O coração pulsava em minhas veias, enviando pequenos sinais cardíacos em minúsculos barquinhos que percorriam o fluxo sanguíneo. *Minta! Minta! Conte uma mentira! Conte uma história! Conte uma mentira!*

Se eu não mentisse, sabia o que iria acontecer. Já podia ver: papai agarraria Mortimer. Ou poderia simplesmente agredi-lo, derrubá-lo com um golpe. Mortimer se afastaria arrastando-se pelo chão e papai iria atrás dele, apertaria seu rosto contra a madeira apodrecida e gritaria em seu ouvido. Puxaria as mãos dele para trás das costas e o faria levantar, chutando qualquer parte do corpo que estivesse mais perto. Era isso que iria acontecer, exatamente como havia acontecido antes.

Diga que foi você.

Castella Rachel Cresswell. Diga a verdade; Deus está vendo.

Abri os olhos. Não sabia se papai tinha de fato dito isso, ou se eu apenas ouvira como se ele o tivesse feito. *Ou talvez tenha sido Deus.*

Forcei os olhos a permanecer abertos, para poder saber se papai estava falando ou se eu estava imaginando.

— Castella, conte para o seu pai o que aconteceu. — Ele dissera aquilo; eu tinha quase certeza.

Eu não conseguia olhar para Mortimer. Não conseguia olhar para Caspar. Senti algo queimando dentro do peito e pensei que talvez fosse minha alma.

Achei que fosse desmaiar.

E então eu vi, entrando suave pelos cantos da minha visão e depois inundando meus olhos: a luz. Não sabia com certeza se era Deus, mas achei melhor não arriscar, por via das dúvidas.

Fechei os olhos para segurar a luz.

— Eu disse ao Mortimer que ia ao Great American roubar... roubar pomada antiviral para ele.

— E o que aconteceu?

Eu não sentia mais medo, não com os olhos fechados. A verdade era um campo cheio de paz, pulsando em minha mente. *A verdade te libertará.*

— Algumas meninas da escola estavam lá. E acho que fiquei com vergonha, então não peguei a pomada.

Senti uma mão apertar meu ombro e me esquivei. Outra mão se fechou sobre o outro ombro, e ambas me seguraram.

— Você fez bem — papai disse. — Foi tentada, mas, no fim, escolheu certo.

Eu me senti escorregar, gaguejar, como se estivesse a ponto de sair flutuando. E então minha alma voltou. Ela me preencheu até os dedos dos pés, dentro das botas grosseiras.

— E depois, o que aconteceu?

Continuei de olhos fechados, mas qualquer espírito que tivesse se apossado de mim, fosse Deus ou apenas medo de papai, foi embora. Eu me senti desesperadamente humana. E com vontade de fazer xixi.

Eu sabia que, quando abrisse os olhos, veria Mortimer e Caspar e me sentiria culpada. Por que eu tinha feito aquilo? Por que os tinha traído? Eu mentia em minha mente o tempo todo.

Eu sabia que, se pudesse me ver de fora, se estivesse de fora assistindo, não iria gostar de mim. Em minha cabeça, eu era forte e estava no controle, mas na realidade eu não era... não era nem um pouco como me sentia dentro de minha cabeça.

— Não sei o resto — respondi. — Eu corri para casa.

Abri os olhos quando papai girou sobre os calcanhares para encarar Mortimer.

— E depois, o que aconteceu?

Mortimer olhou para Caspar, não porque achasse que ele poderia salvá-lo, mas porque, acho, naquele momento ele desejava ser Caspar.

— Eu roubei a pomada — disse Mortimer, com olhos baços e vazios. — O senhor sempre nos disse para não respeitar a lei dos homens.

Papai estreitou os olhos, como se não tivesse gostado da tentativa de Mortimer de usar suas palavras para se justificar.

— Eu já não alertei vocês sobre os perigos dos materiais que eles comercializam como remédio? Quer que sua pele queime e apodreça? Quer que sua carne fique fraca? Que seus ossos se entortem e seu estômago vire cinzas? — Papai tendia a se exceder na ênfase de seus argumentos, mas senti uma onda de alívio. Nada tinha acontecido. Mortimer continuava ali, em pé. Papai nem parecia bravo. Na verdade, parecia até calmo, controlado. No fim das contas, talvez tudo acabasse bem. — Mortimer. — Ele balançou sobre os calcanhares. — Por que você acha que precisa de pomada antiviral?

Merda.

O rosto de Mortimer, que já se assemelhava ao de um rato, murchou tanto que ficou pontudo. Por que eu tinha mencionado "pomada antiviral"? Era tudo minha culpa.

Mortimer abriu sua grande boca.

— Acho que eu gosto do sabor.

— Parem! — gritei, embora nada tivesse acontecido. Nada além do ombro direito de papai se tensionando. Ou eu havia apenas imaginado?

Balancei a cabeça para clarear as ideias. — Era para mim. Eu queria. Eu pedi. Era para mim, eu juro.

Os olhos de todos na sala estavam sobre mim: os de Hannan e de Delvive, os de Jerusalem e de Mortimer, os de mamãe e papai, e os de Caspar, queimando, do jeito que uma vela flameja antes que a gente a apague com um sopro. E cada um deles sabia que eu estava mentindo.

— Mortimer, você vai deixar sua irmã levar a culpa?

— Não, senhor.

— Você vai me dizer a verdade?

— Sim, senhor.

— Por que você acha que precisa de uma pomada antiviral?

— Porque eu sou um idiota.

— E tem um vírus. Onde?

O lábio de Mortimer tremeu.

— Dentro da boca.

— E como você pegou esse vírus?

— Eu beijei a Lisa Perez.

Papai assentiu com ar conhecedor, judicioso, daquele seu jeito de aparentar saber tudo antes que lhe contassem.

Eu não podia acreditar. Lisa Perez? Eu a tinha visto naquela manhã, no Great American. Era uma das meninas mais bonitas da escola e tinha beijado Mortimer? Eu teria desconfiado que ele estava mentindo, mas aquele não era o momento para isso.

Papai cruzou as mãos nas costas e atravessou a sala diante de nós.

— Estão vendo, crianças, como as regras que temos, as regras que eu lhes dei, foram feitas para proteger vocês? — Ele se virou para Mortimer. — Dói?

— Não muito.

— Mas o suficiente para estar desesperado para roubar, para usar remédios que eu cansei de avisar que são perigosos para o corpo e a mente. Do que mais eu alertei vocês, Mortimer? Eu os alertei para não tocar, não olhar para essas criaturas que rondam por esta terra, abjetas, desprezíveis e, como vemos agora, portadoras das doenças mais abomináveis. Mortimer, quero que você mostre para seus irmãos e irmãs o que acontece com aqueles que tocam, que beijam, que nutrem sentimentos lascivos. Mostre a eles.

Mortimer soltou o ar pelo nariz e levou as mãos à boca. Lentamente, virou o lábio para cima e revelou a ferida brilhante e dolorida. Papai deu um pulo, agarrou-o pelo lábio e o torceu. Mortimer gritou e caiu para a frente.

— Deus o castigou por seus pecados, mas seu castigo não terminará aqui, pois Deus me sussurrou, em meu sono, sobre seus pecados e me ordenou que o punisse. Você irá diretamente para os Aposentos de Deus, onde aguardará sua misericórdia.

Mortimer choramingou, depois gritou de novo quando papai o puxou pela boca. Caspar estremeceu. Seus olhos encontraram os meus.

Ouvi um som abafado, cada vez mais alto em meus ouvidos. Achei que o mundo inteiro poderia estar desmoronando.

— É um carro! — Caspar gritou. — Meu pai, é o motor de um carro!

Papai largou Mortimer. Seu olhar voou para a janela, por onde se via uma caminhonete azul se aproximando, aos solavancos, pela estrada de terra.

— Que inferno você trouxe para minha família? — Papai deu um tapa no rosto de Mortimer com as costas da mão. Depois ajeitou o colarinho e se encaminhou para a porta.

— Porra! — Mortimer murmurou, desabando no chão. Levou a mão à boca e a retirou em seguida, olhando para o sangue que fluía dos lábios inchados.

— Mortimer — mamãe o repreendeu fragilmente. Todos os olhos se voltaram para o seu canto. Ela estava sentada, semienvolta em escuridão, com a perna ruim inclinada para o lado e o rosto semelhante a uma máscara de dor.

— D-d-desculpe, mamãe — ele disse e começou a soluçar. Só que não estava de fato chorando; nenhuma lágrima saía. Acho que talvez estivesse apavorado demais para chorar.

Caspar se abaixou para consolá-lo, murmurando no ouvido dele e afagando suas costas. Hannan lia seu livro; seria possível que ele tivesse continuado a ler durante todo aquele tempo? Del mexia nos cabelos. Baby J olhava para a janela. Eu me virei para a janela também.

Papai caminhou pela estrada de terra para encontrar a caminhonete tão longe da casa quanto pudesse. Havia duas pessoas dentro do carro: um homem grande e outra figura menor, de pele escura. Seria aquela menina do Great American?

Mortimer ficou em pé, trêmulo, e esticou o pescoço para ver.

— É Michael Endecott — disse ele, passando a mão no lábio.

Todos nós sabíamos quem era Michael Endecott, embora apenas Mortimer o conhecesse pessoalmente. Papai falava dele todo o tempo. Ele havia crescido com meus pais. Tinha sido apaixonado por minha mãe, mas papai, e Deus, acabaram vencendo.

Michael Endecott foi a pessoa, de acordo com papai, que organizou a batida policial, a pessoa que mentiu (*disse a verdade*) sobre a nossa família para a polícia. A pessoa que queria nos destruir, nos separar. Porque tinha inveja, papai dizia, por Deus nos amar mais. Inveja por sermos uma família perfeita e linda e por Deus nos amar mais que aos outros. Mesmo que, às vezes, tivesse um jeito estranho de demonstrar isso.

QUATRO

Eu queria pedir desculpas a Caspar, mas não podia fazer isso ali dentro, onde tínhamos que seguir as "regras da casa". Caspar sabia, mas isso não o impediu de me dar um gelo enquanto eu estava na sala lendo o livro do Apocalipse de papai.

Esse foi o meu castigo. Ler o livro até encontrar o perdão, o que aconteceria quando papai se sentasse a meu lado e eu recitasse para ele um ou dois versículos que pudessem, com algum esforço, ser aplicados à situação.

Mortimer foi posto no Túmulo, ou, como papai chamava, os "Aposentos de Deus". O novo ano escolar começaria no dia seguinte, mas papai não se importava. Beijar Lisa Perez provavelmente fora a pior coisa que Mortimer já havia feito, e eu não sabia por quanto tempo ele seria punido.

Não conseguia parar de pensar no beijo, tentando imaginar quando e como. Nunca víamos ninguém durante as férias de verão. Até Mortimer costumava ficar no bosque, exceto quando estava cometendo pequenos roubos ou "ajudando" Caspar. Na verdade, Mortimer tinha passado a maior parte do verão dentro do Túmulo. Tanto que quase parecia que ele queria ficar lá.

Eu me convencera de que ele tinha descoberto uma saída e estava passando a perna em todos nós. Então, uma tarde, no meio do verão, fui até lá dar uma espiada nele.

O Túmulo era acessado por um alçapão, que papai mantinha trancado com cadeado, mas, atrás do palco do anfiteatro, havia uma grade de esgoto, como a janela de trás de uma cadeia antiga. Eu me sentara do lado de fora da grade, a fim de conversar um pouco com Mortimer. Perguntara por que, por que ele estava sempre desrespeitando as regras, como se quisesse ser castigado.

— Não sei — ele respondera com um suspiro, enquanto arrancava as pétalas de uma flor silvestre que eu tinha lhe trazido de presente. — Acho que é porque tenho muito medo do que vai acontecer se eu não agir direito. Tenho muito medo de ser trancado aqui.

— Quer dizer que você gosta de ficar com medo?

— Não, ao contrário. Eu faço porque o tempo que passo aqui é o único em que não estou com medo de ser mandado para cá. — Ele sorrira, as sombras das barras da grade cortando seu rosto.

Agora, Mortimer estava lá outra vez e perderia o primeiro dia do primeiro ano do ensino médio, talvez até a semana inteira.

Caspar não tinha sido castigado por sair escondido para limpar a calha da sra. Sturbridge, mas, pelo que eu conhecia dele, iria se oferecer para algo terrível a qualquer momento. Se lhe fosse permitido, teria descido para lá com Mortimer. Teria descido com ele todas as vezes.

Meu castigo não foi grande coisa. Era domingo, então não tínhamos mesmo permissão para fazer nada além de ler as escrituras e rezar. A única diferença era que eu estava sentada na sala em vez de estar em meu quarto (onde passava a maior parte do tempo olhando pela janela, imersa em devaneios) e papai vinha periodicamente conferir o que eu fazia.

Nós, os Cresswell, líamos a Bíblia, mas também líamos o livro do Apocalipse de nosso pai, que ele mesmo tinha escrito e no qual estava sempre fazendo acréscimos ou cortes.

Eu não tinha nada contra a Bíblia. Não a culpava por nada. Era um livro muito bonito e, às vezes, quando a estava lendo, podia jurar que sentia o espírito de Deus, ou o fogo, ou a luz. Outras vezes, era apenas entediante.

Mas o livro de meu pai era diferente. Era confuso e desorganizado, gramaticalmente incorreto e, com frequência, beirava a incoerência. Havia passagens assim:

"As estrelas estão famintas pelos Filhos de Deus. O cosmo está lambendo os lábios. Presos ao universo. Amarrados ao céu. Reis no NOVO MUNDO".

Elas ficavam entaladas em minha mente como uma história obscena. Às vezes eu as lia repetidamente, tentando decifrar o sentido. Às vezes desconfiava de que não havia sentido nenhum.

Naquela noite, Caspar foi até o escritório de papai e lhe pediu para deixar Mortimer ir à escola. Disse que era importante que Mortimer não ficasse atrasado, mas papai respondeu que a escola não importava, que, se não fosse pelas pessoas perversas desta cidade (que nos haviam obrigado a nos matricular na escola depois da batida policial, quando fomos mal em todos os testes que puseram na nossa frente), nem iríamos à escola e que, de qualquer modo, o que Deus tinha a dizer a Mortimer era mais importante.

Depois que caiu a noite, papai veio para a sala de estar, onde eu lia no escuro. Eu havia deixado o abajur desligado porque não tinha permissão de papai para acendê-lo. Ele atravessou a sala com um andar autoconfiante e se acomodou a meu lado no sofá. Eu sentia sua respiração no pescoço enquanto ele lia sobre meu ombro. Tentei não me esquivar quando passou os dedos por meus cabelos.

— O que você aprendeu, minha pequena Castella? — Às vezes papai conseguia tocar meu coração. Quando eu era pequena, ele me parecia uma figura tão romântica: bonito, com aquela voz mágica e uma expressão de tortura divina no rosto. Às vezes, quando eu fitava seus olhos acinzentados, era fácil acreditar que Deus e o diabo estavam realmente jogando um jogo traiçoeiro dentro dele, que ele era uma espécie de guerreiro combatendo as trevas sombrias.

Respirei fundo e li para ele algum versículo bobo sobre Deus punindo os maus, porque achei que ele gostaria disso, e depois disse:

— Acho que Deus pôs aquelas meninas da minha escola no Great American para impedir que eu roubasse. Eu detesto elas, porque vivem me provocando e rindo de mim, mas, mesmo assim, acho que elas me fazem lembrar de como eu sou feliz por ter uma família que me ama.

Ele percorreu minhas costas com os dedos, como se meus cabelos estivessem soltos e não presos no alto da cabeça.

— Isso é maravilhoso, Castella. Está exatamente certo.

Todos nós precisávamos acordar muito cedo em dias de escola, porque Hannan treinava futebol antes da aula e tínhamos de fazer as orações e ler as escrituras antes de ele sair. Depois das escrituras, podíamos decidir se queríamos ir para a escola mais cedo com Hannan ou ficar na casa.

Naquela manhã, fomos para a escola mais cedo. Estávamos loucos por um pouco de agitação, depois de um verão passado em isolamento. Também estávamos nervosos, com Mortimer trancado no Túmulo.

Caminhamos pelo bosque na escuridão de antes do amanhecer. Hannan foi à frente, tentando se distanciar de nós. Delvive se manteve perto de mim. Ela sempre ficava comigo na escola, o que, provavelmente, fazia as pessoas pensarem que éramos mais estranhas do que de fato éramos, por sermos dois terços de um conjunto de trigêmeos e parecermos iguais de todas as maneiras erradas.

Del tinha uma personalidade muito crítica. Quando ela falava, era para apontar algo errado. Naquela manhã era meu cabelo, que ela disse que estava muito solto.

— Não estou dizendo que está feio; só parece torto — disse ela.

— Então eu vou soltar de vez! — Apressei o passo. Queria falar com Caspar. Queria me desculpar pelo dia anterior. Mas era impossível com Del colada em mim como um policial.

— Você não pode soltar — ela me repreendeu. — Sabe que não pode. Não tem permissão para isso.

Tropecei em uma raiz, suspirei como se fosse culpa dela, depois me virei para encará-la. Ela recuou um passo e tropeçou na mesma raiz.

— Então a gente pode refazer o penteado — falei. — Temos uma hora antes de começar a aula. Podemos descer até o teatro, você arruma meu cabelo no vestiário feminino e tenho certeza que vai ficar lindo e nem um pouco torto, e todos vamos poder respirar aliviados.

Caspar e Hannan estavam bem a nossa frente agora, então, quando Del concordou com um gesto de cabeça e disse "Tudo bem", como se eu tivesse tirado um grande peso de sua mente, ergui a barra do vestido feito em casa e corri atrás dos meninos.

Caspar parecia preocupado quando cheguei a seu lado, mas ele estava sempre remoendo algum sincero dilema moral, então não levei a sério.

— Eu queria pedir desculpa pelo que disse ontem — murmurei, sem saber se era seguro deixar Hannan escutar. — Eu devia ter ficado de boca fechada.

— Você não fez nada de errado, Castley. Acho até que fez a coisa certa.

— Então você teria contado?

Ele torceu os lábios.

— Você não deve me tomar como exemplo.

— Como assim? Você é o melhor de todos nós.

Isso só serviu para deixar o rosto dele ainda mais sério, o que provava o que eu dizia. Ele levantou um galho para eu passar por baixo.

Hannan estava bem na frente agora, mas mantive a voz baixa mesmo assim.

— Você está bem? Parece preocupado com alguma coisa.

— Estou com uma sensação estranha. — E não explicou mais que isso.

— O quê? Como se alguma coisa fosse acontecer? Eu tenho isso às vezes. Como se soubesse que algo está se aproximando. Não sei por que acontece.

— Não, não é isso. Não exatamente. É mais como se algo já tivesse acontecido. Como se algo tivesse acontecido dentro de mim que vai fazer alguma coisa acontecer fora de mim. — Ele sugou o ar em uma respiração funda e entrecortada, e tive a estranha impressão de que estava se referindo a sexo. Mas ele não faria isso. Caspar nunca faria. Balancei a cabeça. Eu devia ter entendido errado. Eu tinha sexo no pensamento desde que ouvira sobre Morty beijando Lisa Perez. Desde que vira aquela ferida totalmente asquerosa em sua boca. *Isso prova que sexo é nojento e ruim.* Mas por que não era isso que eu sentia? Por que eu me sentia toda esquisita e com o corpo leve quando pensava em beijar? Beijar. Lábios pressionados. Nervos à flor da pele. E a soltura, o escape, a liberdade de viver dentro de um beijo.

Será que Morty achou que valeu a pena? Até onde eu sabia, Mortimer era o único de meus irmãos e irmãs que já tinha beijado alguém, embora Hannan fosse meio que uma incógnita.

— Mas acho que é assim mesmo que acontece — Caspar continuou, filosofando do jeito que sempre fazia, sempre evitando a armadilha. — Acho que é por isso que as pessoas, às vezes, acham que veem o futuro. Porque algo muda nelas *primeiro*, e o mundo se desloca para preencher o espaço.

Tínhamos parado de andar, embora eu ainda me sentisse em movimento, insistindo na direção de algo maior, mais bonito.

— Onde o Mortimer beijou a Lisa... Quer dizer, ele contou para você?

— Na boca.

— Não. — Senti o rosto ficar vermelho. Onde Caspar achou que eu estava pensando que eles tinham se beijado? Minha mente percorreu rapidamente os lugares de meu corpo, em uma onda, como uma lufada de vento. Só que, em meu pensamento, não eram Mortimer e Lisa se beijando; éramos eu e uma sombra, um rosto que eu não conseguia distinguir.

Tentei preencher o vazio. Tentei imaginar meninos da escola por quem eu havia ficado interessada, mas todos eles tinham me rejeitado, fazendo piadas sobre minha família, ou me ignorando por completo (eu não sabia o que era pior).

E Caspar vai se casar com Castella.

Mas eu não queria beijar Caspar. Nós éramos parentes. Éramos parecidos em vários aspectos (embora eu não fosse me incomodar se me parecesse um pouco mais com ele). E, além de ser meu próprio irmão, Caspar era meio bobão.

Mesmo assim, eu sentia ciúme ao pensar que Caspar poderia um dia fraquejar e beijar alguém. Ciúme, porque tinha certeza de que havia uma tonelada de meninas que queriam beijar Caspar e duvidava de que um único menino quisesse me beijar. E, se eu não beijasse alguém aqui na terra, nunca beijaria ninguém. Duvidava de que houvesse beijos no paraíso. Era melhor me garantir e beijar Caspar antes de morrer.

Quase me repreendi em voz alta. De repente, eu me senti ridiculamente, vergonhosamente agradecida por estarmos indo para a escola. Esse era o tipo de processo de pensamento que ocorria quando passávamos muito tempo juntos, sozinhos no bosque, onde as únicas leis pertenciam à natureza e as únicas regras, ao papai. Eu precisava de realidade, qualquer que fosse, para me salvar de um lugar que me fazia pensar que poderia preencher o espaço vazio dentro de mim com meu irmão.

— Não — repeti. — Eu quis dizer onde eles se beijaram... tipo... logisticamente. Na cidade? No bosque?

Caspar bateu com a mão em um galho na passagem.

— Eles se beijaram, hum... — Caspar sempre falava com clareza, então eu soube que o que ele iria dizer o incomodava o suficiente para fazê-lo gaguejar. — Eles se beijaram nos Aposentos de Deus.

— O quê? Como?

Ele passou a mão nos cabelos, com uma expressão atordoada.

— Bom, de acordo com o Mortimer, ela o beijou através da grade.

— Ah, meu Deus.

Caspar soltou o ar entre os lábios. Eu não o culpava. A ideia era explosiva. Nosso pai sempre nos ensinara que os Aposentos de Deus eram policiados pelo próprio Deus, que, escondido dentro deles, havia um caminho que levava diretamente ao céu.

Eu queria dizer algo, dizer mais. Queria dissecar toda a cena: Mortimer trancado em uma caverna escura, mas sagrada; Lisa Perez caminhando pelo bosque, perdida e então encontrada. O que ele dissera a ela? O que ela pensara? Como se sentira? Tivera de se abaixar? (Deve ter feito isso.) Ela rastejara até ele de joelhos? Sentira o metal frio das barras no rosto ao beijar aqueles lábios enormes? Qual fora a sensação? Deus assistira a tudo?

Eu tinha parado sem perceber. Caspar continuou em frente. Ele não parou e nem se virou, mesmo sabendo que eu tinha ficado para trás.

Fiquei ali por um segundo, suspensa em minha própria sombra. Se Mortimer tinha feito isso, se ele de fato tinha feito isso, não deveria ter sido queimado vivo? Deus não deveria tê-lo castigado, mas castigado de verdade, com mais do que uma ferida dolorida dentro da boca?

Mas papai não sabe. Se papai soubesse, tudo estaria acabado. Eu não podia nem imaginar o que ele faria.

Mas Deus sabia, e tudo o que ele fizera fora dar a Mortimer herpes.

🍃

Del e eu não soubemos que haveria um problema até pegar nossos horários de aulas. Deveríamos ter pegado durante a semana de orientação, mas papai não nos deixara ir porque não era obrigatório, e nós, Cresswell, só fazíamos o mínimo necessário em tudo relacionado à escola. Faltávamos com assustadora regularidade, portanto ninguém na secretaria sequer demonstrou interesse quando Delvive entregou um bilhete avisando que Mortimer estava doente.

Caspar desapareceu, provavelmente para adiantar a lição de casa ou ajudar um dos professores a arrumar uma sala de aula. Jerusalem desceu para o estúdio de artes porque a sra. Tulle sempre a deixava pintar antes da aula. Del e eu nos sentamos na grama atrás do teatro, que estava sempre desocupada porque cheirava a esgoto, e comparamos nossos horários enquanto ela refazia a trança em meu cabelo.

Nós duas estávamos no segundo ano do ensino médio e ficávamos na classe mais avançada, então costumávamos ter o mesmo horário, mas, se tivéssemos uma ou duas aulas separadas, não era o fim do mundo. A menos que fosse nossa aula favorita.

— Ai, não, Castley. Não estamos juntas em teatro — Delvive leu sobre o meu ombro.

— Como assim? — Levantei meu horário, que eu mal tinha olhado. Nós duas devíamos estar em teatro avançado. Ambas tínhamos feito audições no ano anterior. Delvive e eu fazíamos teatro juntas desde o nono ano. Era a nossa aula. Sempre éramos companheiras de cena, mesmo que uma de nós tivesse de interpretar um menino, porque a ideia de interpretar uma cena com outra pessoa era absolutamente aterrorizante. — Não é possível.

— Olhe! — exclamou ela, largando meu cabelo e pegando o horário das minhas mãos. — Você tem teatro avançado agora, no primeiro período. E eu tenho no terceiro período. Eles devem ter dividido a turma.

— Tudo bem. — Arrumei o penteado no reflexo das portas de vidro. Agora é que ele me parecia torto. — Vamos até a secretaria pedir para mudarem. O que eu tenho no terceiro período?

Delvive fez uma careta e deixou meu horário cair no colo.

— CPM 3. — Matemática preparatória em grupo. A Escola de Ensino Médio Almsrand tinha me deixado mudar para CPM no nono ano, quando eu estava indo mal em álgebra. Eu me saí muito melhor em CPM, não porque participasse dos grupos, mas porque todos os alunos inteligentes compartilhavam suas respostas com o restante da classe. — Eu tenho cálculo. Você vai ter que mudar de classe. Vai ter que fazer cálculo comigo.

— Eu não posso fazer cálculo. Nem fiz pré-cálculo.

— Castley, você precisa.

O sinal tocou.

— Merda.

— Cass, não fale palavrão.

Eu me levantei, ajeitando nervosamente o vestido disforme.

— Bom, é tarde demais para mudar agora. Vamos para as duas primeiras aulas e depois, no intervalo, falamos na secretaria. — Eu sabia que podíamos ter ido à secretaria de imediato, e talvez devêssemos ter ido, mas não conseguiria fazer cálculo. Era impossível. Tinha de haver outra saída. — Por que você não muda para a minha classe?

Delvive pareceu horrorizada.

— Para *matemática preparatória*? — ela se espantou. Esnobe. — A gente vai dar um jeito. Temos que dar. — Apertou minha mão. — Eu não quero fazer teatro com mais ninguém. Precisamos ficar juntas.

Ela não mencionou a razão principal. Se papai descobrisse que não éramos mais dupla uma da outra, especialmente se nos pusessem em dupla com um menino, ele não nos deixaria mais fazer teatro.

⚜

A aula de teatro avançado acontecia em uma sala no teatro chamada de "caixa preta". Reconheci a maioria dos alunos. Éramos apenas uns vinte, então seria fácil Delvive mudar para minha classe.

A sra. Fein, a professora, nos fez sentar em um círculo enquanto expunha o cronograma de aulas. Ela era bem liberal; havia até boatos de que saía para beber com alguns dos alunos. Estávamos ali não fazia nem vinte minutos quando ela anunciou que podíamos passar o restante da aula formando as duplas.

— Vocês vão ficar juntos pelo semestre inteiro — avisou —, então escolham bem. Provavelmente não é uma boa ideia escolher sua preferência do mês. — Ela olhou especificamente para Michael Whitman, que tinha beijado todas as meninas do teatro, exceto Del, eu e talvez a sra. Fein, embora eu não pusesse a mão no fogo por isso.

Michael Whitman escolheu sua preferência do mês mesmo assim. Todos se dividiram em pares rapidamente, porque todo mundo se conhecia e já tinha seus joguinhos políticos bem esquematizados. Eu não escolhi ninguém. Ia esperar Delvive, que *teria* de mudar para minha classe.

A sra. Fein jamais teria notado minha situação. Não notaria até o dia em que eu apresentasse a cena sem um parceiro, se não fosse pelo garoto do nono ano que levantou a mão.

— Sra. Fein? Desculpe. Eu não tenho par. — Ele olhou em volta, com ar esperançoso.

A professora suspirou. Ela já estava quase de volta a sua mesa, provavelmente para passar o restante da aula lidando com mensagens importantes no Twitter, e deixou evidente que aquilo era um enorme aborrecimento.

— Isso é impossível. São vinte alunos.

O aluno novo examinou uma cicatriz no cotovelo.

— Hum, não. Definitivamente eu não tenho par.

A sra. Fein pôs as mãos nos quadris.

— Quem está sem par? — Baixei a cabeça. — Será que eu vou ter mesmo que fazer isso? — *Fique invisível, fique invisível, fique invisível.* — Deem a mão para seu par. Todos. Deem a mão para seu par.

O garoto do nono ano me encontrou primeiro. Curvou os lábios e se preparou para sorrir.

A sra. Fein suspirou de novo.

— Cresswell. Você tem par? — Ela nem sequer sabia se se tratava de mim ou da minha irmã, e nem se preocupou em perguntar.

Torci os lábios.

— Agora eu tenho.

CINCO

O garoto do nono ano ficou aliviado por ter a mim como parceira. Eu sei porque ele me disse. Também me contou toda a sua vida até chegar àquele ponto.

— Então, como você vê, eu não conheço ninguém nesta classe. Alunos do nono ano não costumam estar em teatro avançado… mas parece que o filho da sra. Fein esteve, porque, né… Mas eu pedi para fazer um teste, porque quero ser ator. No começo a sra. Fein disse que não, mas eu fui, digamos, persistente, e ela cedeu. Quer dizer, não me importo se vou ser famoso nem nada disso. Eu gosto do trabalho. — Ele esperou um pouco, como se isso pedisse uma resposta. — Desculpe, esqueci de perguntar. Como é seu nome?

Estávamos sentados em um canto quieto do teatro, longe do grupo barulhento. Na verdade, aquele era o nosso lugar, meu e de Del. E seria outra vez, quando voltássemos a ser uma dupla. *Sinto muito, garoto.*

— Castley.

— Castley Cresswell. — Ele se encostou na parede, falando para o teto. — Que nome. Eu conheço a sua irmãzinha. Como é o nome dela? Baby J? É um nome esquisito pra caramba. Sem querer ofender. Não é o nome real dela, é? Quer dizer, espero que não esteja assim na certidão de nascimento.

Ah, que merda. — Ele se endireitou, com os olhos muito abertos. — Você não tem permissão para falar comigo, não é isso?

— Acabei de lhe dizer que o meu nome é Castley.

— Ah, é. — Ele se recostou outra vez. — Quer saber? É um nome bem legal. Aposto que um milhão de meninas adorariam ter esse nome.

— Elas podem ficar com ele.

— Haha. Ei, sabe como é meu nome? George. George Gray, não que isso importe. — Ele passou a mão pelo nariz. Tinha um jeito meio sonhador, todo solto e relaxado. Seu cabelo espetado parecia ter sido modelado. — Eu achava George um nome legal, porque tinha o macaco e tudo o mais. George, o Curioso. Mas agora tem o príncipe George. E isso meio que acaba com o nome, de certa forma. — Ele franziu a testa, como se estivesse perdido. E não era o único. Torci para que continuasse perdido, mas ele conseguiu encontrar sua linha de pensamento, se é que se podia chamar assim. — Ah, sim, voltando ao assunto inicial, nós dois temos nome de realeza. Você, Castley, como em castelo. E eu, príncipe George. Ou até rei George.

— Desde quando esse era o assunto inicial? — perguntei, mas o sinal tocou, salvando-me de mais uma de suas linhas de pensamento enroladas.

No primeiro intervalo, Delvive e eu fomos à secretaria e confirmamos aquilo de que já desconfiávamos. A única maneira de ficarmos na mesma classe de teatro era eu fazer outra disciplina da área de matemática que não CPM 3. Delvive não podia trocar de cálculo para CPM, porque estava no nível mais alto de matemática que o Almsrand oferecia e não poderia retroceder. Eu não precisava fazer cálculo; a orientadora informou alegremente que eu poderia fazer álgebra 2 no primeiro período. Também poderia furar os olhos com um palito.

Nenhuma de nós sabia o que fazer. Não, corrigindo: Delvive sabia o que *eu* precisava fazer e esperou pacientemente que eu tomasse a decisão certa.

— Tenho teatro agora — disse ela. — Preciso mesmo que você mude de classe, Cass. Vou te ajudar com álgebra 2. Até faço sua lição de casa.

— E também vai fazer todas as minhas provas?

Ela sacudiu meu braço.

— Por que não? Nós somos quase iguais. Ninguém nesta escola sabe dizer a diferença.

Nisso ela estava certa, mas não era assim tão fácil.

— E se nós duas tivermos prova no mesmo dia? E se você ficar doente?

Ela apertou a mochila contra o corpo.

— Castley, se ele descobrir...

— Ele não vai descobrir. Só tome cuidado para ter uma menina como parceira. Não deixe a sra. Fein escolher para você. — Não mencionei que o meu parceiro era do sexo masculino. Porque ninguém jamais iria descobrir. Nem papai, nem ninguém. Esse era o caminho mais fácil para a felicidade.

Delvive acabou fazendo par com Emily Higgins. Emily era uma cristã convertida convicta, então achei que Del pelo menos ficaria mais tranquila, mas ela parou de falar comigo, exceto para dizer:

— Eu não vou contar. Mas, se ele já souber, vou pôr toda a culpa em você.

Na nossa família, havia uma crença latente de que papai simplesmente sabia das coisas. E às vezes ele sabia mesmo. Às vezes, o que ele dizia ou previa dava exatamente certo. Por exemplo, com Hannan. Ele sabia que meu irmão seria jogador de futebol americano. Quer dizer, ele falou "Hannan vai ser o quarterback do colégio" quando o garoto não tinha mais que sete ou oito anos.

Algumas pessoas diriam que Hannan se tornou o quarterback da escola *porque* papai dissera aquilo, que papai lhe dera permissão e pusera a ideia em sua cabeça. Mas a equipe de futebol da Escola de Ensino Médio Almsrand era uma das melhores do estado. Não era o tipo de time em que se podia entrar só por ter vontade. E, quando Hannan começou a jogar futebol, ele era bom, mas não maravilhoso, e os outros meninos costumavam rir dele por ser um Cresswell. Mas, com o tempo, ele progrediu e os outros jogadores passaram a respeitá-lo. Então, como mágica, Hannan se tornou o quarterback do colégio.

Pensar nisso me apavorava. De verdade. Já que eu não conseguia discernir a diferença, não tinha como saber quando papai estava certo e quando estava errado.

🍃

Em vez de ir para casa depois da escola, fui ver Mortimer. Eu devia ter voltado direto para evitar problemas, mas Caspar concordou que era uma boa ideia, então eu fui.

Enquanto descia as escadas que levavam para dentro do anfiteatro, senti nós se formando no estômago. Caspar fora benevolente, mas Mortimer estaria furioso.

Mas não é sua culpa, lembrei a mim mesma. *Foi Mortimer quem roubou da loja. Foi Mortimer quem foi pego.* Embora tenha sido minha a ideia.

O anfiteatro era uma grande construção de pedras datada de centenas de anos atrás. Tinha sido usado no passado para cerimônias religiosas, mas fora abandonado pelo tempo e pela distância. Havia um palco largo com uma grande marca preta queimada no centro, onde deviam ter acendido fogueiras nos velhos tempos, e uma parede de pedra atrás, com torres, torreões e mastros de bandeira vazios.

Dei a volta por trás do palco, ciente de que Morty me ouviria chegar. Espiei pela grade, mas não vi nada além de sombras.

— Morty?

— Cai fora. — A voz veio de baixo, seca pela falta de uso.

Suspirei e larguei a mochila.

— Desculpe, de verdade.

— Já falei para cair fora.

Chutei a terra no chão.

— Mortimer. Estou falando sério. Só vim aqui para pedir desculpa, tudo bem? Não sei o que deu na minha cabeça.

— Você jurou pela vida da mamãe.

Eu tinha feito isso? Tentei lembrar.

— Não, aquilo foi sobre a herpes. E não disse nada sobre a herpes.

— Você falou "pomada antiviral", porra!

— Pare de falar palavrão.

— Você pode simplesmente ir embora? Por favor, irmãzinha querida.

— Eu posso deixar você sair.

Ele apareceu de repente atrás da grade. Seus dedos se enrolaram nas barras.

— Você está mesmo querendo me desencaminhar outra vez? — E levantou uma sobrancelha.

— Acho que agora não — falei, examinando as árvores. — Depois que escurecer. Assim você não precisa passar a noite aí embaixo.

Eu podia vê-lo pesando as alternativas. Era uma oferta tentadora. Devia ser horrível aquela gruta quando a escuridão caía e parecia se estender para sempre. Eu nunca tinha estado lá, nem para dar uma espiada. Tinha muito medo. Medo de que a porta se fechasse sobre mim. Medo do clique do cadeado.

— A menos, claro, que você tenha outros planos — comentei. Eu estava pensando especificamente em Lisa Perez vindo beijá-lo no escuro, mas meu coração não me deixaria dizer isso. Ele batia com força dentro do peito, tão alto que afogava meus pensamentos.

— Volte à noite e eu lhe dou a resposta. — Seus dedos soltaram as barras, e ele desapareceu no escuro.

Caspar definitivamente não aprovaria meu plano, então tive o cuidado de evitar seu olhar penetrante durante toda a tarde e o começo de noite. Passamos a tarde "limpando" o pátio, o que envolvia tanto limpar como consertar coisas para vender. Papai iria à feira naquele fim de semana, por isso precisava de tudo em que pudesse colocar preço.

Eu limpava uma cômoda que tínhamos arrastado de uma das salas de depósito no andar inferior. As gavetas estavam cheias de fios, emaranhados em uma grande bola. Papai não acreditava em fios, então eu os estava cortando com tesouras e jogando fora.

Dentro de uma gaveta, havia tantos fios que pensei que poderia continuar puxando para sempre e nunca chegar ao fim. Del notou minha dificuldade e se aproximou de mim. Os fios se soltaram de um tranco e eu vi algo embaixo. Por "algo" eu me refiro a uma fotografia, de três pessoas e um bebê.

— Precisa de ajuda? — Del perguntou.

Abri a boca para responder e parei. Reconheci alguma coisa na foto. Não uma pessoa, não exatamente, não assim de cara, mas reconheci algo que me disse para ficar quieta e enfiei a foto no bolso do vestido.

— O que é isso? — Meus irmãos reparavam em absolutamente tudo.

— É pornográfico — respondi, para que ela não pedisse para ver. Del fez uma careta. — Vou jogar fora.

— Faça isso.

Jantamos juntos: comida enlatada e pão que papai fez, porque as mãos de mamãe estavam muito ruins. Era sempre seco e massudo ao mesmo tempo, mas aliviava a fome porque, depois de comê-lo, desejava-se nunca mais comer de novo.

Senti a fotografia em meu bolso durante o jantar inteiro, como se fosse de fato pornográfica. Queria olhá-la com mais atenção, mas não podia fazer isso em nenhum lugar da casa sem ser detectada. Teria de esperar até estar sozinha, o que, com cinco irmãos, poderia nunca acontecer.

Depois do jantar, todos nos reunimos na sala de estar para ler as escrituras. Cada um lia seu próprio livro. O de Jerusalem era o mais bonito, mas também o mais assustador, porque ela fazia desenhos por toda parte. Desenhos de planetas circulando em volta uns dos outros em órbitas fantasmagóricas, de monstros que caçavam os fracos de espírito com olhos selvagens e dentes afiados, de caixas trancadas sem chaves. O meu era o mais desmazelado, coisa que antes me incomodava, mas não mais.

Com exceção de Mortimer, ocupamos nossos lugares na sala e lemos um versículo. Sempre líamos até a hora de dormir, embora às vezes o fizéssemos até bem mais tarde, geralmente quando havia algo perturbando papai. Ficávamos lendo e lendo e lendo, como se as palavras pudessem nos levar a algum lugar.

Naquela noite, papai parou junto à janela, olhando para a estrada como se estivesse esperando visitantes. Estava inquieto, então todos nós estávamos.

Del suspirou.

— "E quando a nuvem desce ela traz O Fim, e quando O Fim vem: clareza. A mente se aguça na ponta de uma faca."

Hannan continuou:

— "Deus te chamou como um profeta. Verás as coisas como elas são, além do véu da humanidade. Tu és o filho das visões dele. Tu és o..."

— O que isso significa? — papai interrompeu, como se realmente não soubesse.

Hannan se agitou na cadeira.

— Significa que ele é um profeta? — Gênio.

— Quem?

— Hum... — Ele baixou os olhos para o livro. — A pessoa sobre a qual este livro fala.

— E sobre quem este livro fala?

— Humm. — Hannan coçou o pescoço. — O senhor?

— Deus — papai corrigiu. — Este livro fala sobre Deus.

Meu irmão inclinou a cabeça.

— Então Deus chamou a si mesmo para ser um profeta? — O triste era que talvez ele não percebesse que isso não fazia sentido.

— Não. O livro fala sobre Deus e seu profeta, mas o profeta e Deus são a mesma pessoa.

Hannan assentiu com a cabeça.

— Interessante. — Quanta emoção.

A questão sobre o livro do meu pai era que ele só fazia sentido quando eu não pensava muito. Na maior parte do tempo, se eu tentasse analisá-lo, se tentasse olhar para ele de maneira lógica, dava de cara na parede. Mas outras vezes eu lia algo, encontrava algo, como um tesouro enterrado, que me fazia perceber que Deus, e talvez mesmo meu pai, sabia a forma exata do meu coração.

— Castella, continue, por favor.

— "Tu esconderás teu verdadeiro eu. Enterrarás o que temes, em uma arca trancada na caverna de teu coração, onde manterás os ossos da pessoa que poderias ter sido."

Terminamos as escrituras às oito da noite. Eu queria tomar um banho rápido e dormir por algumas horas antes de ir encontrar Mortimer, mas Hannan entrou no banheiro primeiro. Hannan às vezes ficava horas no banho, então eu me rendi de imediato e fui para o quarto.

No caminho pelo corredor, passei pelo quarto antigo de papai. Havia uma mancha mais clara no chão no lugar onde antes ficava a cama. Quando éramos bem pequenos, subíamos todos juntos na cama, eu, Caspar, Hannan, Delvive, Mortimer e Jerusalem, para ouvir papai contar histórias, enquanto mamãe sorria para o marido como se ele tivesse inventado a felicidade.

Dei uma parada na porta. Era engraçado como o passado podia parecer bonito, mais bonito que o presente, mais seguro que o futuro, porque a gente já sabia o que havia acontecido. Era preciso apenas interpretá-lo, contar a si mesma uma história, e ele poderia ser tão bonito ou tão horrível como se desejasse.

Desviei o olhar e prossegui em direção ao quarto.

Jerusalem estava pintando perto da janela. Às vezes ela ficava lá, no escuro, pintando sob o luar. Era obcecada por desenhos do universo: grandes representações audaciosas de planetas, estrelas e luas. Ela nem desenhava a lápis primeiro. Pintava diretamente na tela, com uma espécie de serenidade tranquila, como se tudo aquilo e muito mais fluísse naturalmente.

Naquele momento, ela estava pintando dois planetas colidindo — pequenos fragmentos voavam para todo lado —, mas a cena parecia estranhamente agradável, quase como se eles estivessem se abraçando.

Del estava em seu colchão, com um livro enorme no colo.

— Podemos apagar a luz? — Desabei em meu colchão. — Estou meio enjoada.

Ela levantou os olhos.

— Isso quer dizer que você não vai a lugar nenhum esta noite?

— Não tenho planos imediatos.

— Você não acha que é uma má ideia?

— Eu disse que *não tenho planos imediatos*. — Del gostava de pensar que podia ler minha mente; era o "fator trigêmeo". Felizmente para mim, tratava-se de uma completa bobagem.

Ela voltou a olhar para o livro.

— Preciso da luz acesa. Tenho lição de casa.

— Que lição de casa você tem no primeiro dia de aula?

— Cálculo. — Tinha que ser cálculo.

Eu gemi e saí da cama.

— Aonde você vai?

O pincel de Jerusalem parou no meio da pincelada.

— Vou dormir no bosque, onde ninguém estuda cálculo.

— Castley! — Del olhou para Jerusalem em busca de apoio, mas ela estava pintando outra vez. Del suspirou e massageou a têmpora. — Só tente não ser pega desta vez. Por favor.

Tamborilei com os dedos na moldura da porta.

— Eu também te amo.

No momento em que eu atravessei a linha das árvores, levei a mão ao bolso e senti a fotografia. Assim que me vi longe o bastante para me sentir segura, parei sob a luz da lua e a tirei do bolso. Era uma foto de três adolescentes normais e um bebê muito pequeno. Três adolescentes, e um deles era definitivamente meu pai; eu não o confundiria em lugar nenhum. Tinha a mesma luz delirante nos olhos, só que, em um rosto jovem, parecia puramente mágica, até carismática. Usava uma camiseta esportiva com o número sete (tinha de ser sete) e, a seu lado, estava mamãe. Mamãe era bonita, de uma maneira dolorosa de ver. Dolorosa, talvez, por causa do modo como aquela beleza havia morrido. Não consegui identificar o outro garoto da foto, mas era ele que segurava o bebê, o que devia ser seu papel, como o menos bonito da turma. Papai era o único que olhava fixamente para a lente da câmera, como se, mesmo no passado, pudesse ver o que eu estava fazendo e isso o desagradasse.

Olhar a foto era como olhar para um universo alternativo. E o mais estranho era que ela não só fazia o passado parecer diferente, mas o presente também, como se eu pudesse realmente ser outra pessoa, como se pudesse não ser quem eu achava que era apenas pelo fato de aquela imagem existir.

Nunca, jamais havia passado pela minha cabeça que papai já tinha sido adolescente. Talvez até um bebê. E ele não parecia religioso, se é que alguém pode parecer religioso. Parecia alguém que pegaria o papel de protagonista em uma peça da escola. Parecia alguém que poderia ter tido a vida que quisesse. Por que, então, ele havia escolhido esta?

O bosque era insano à noite, aterrorizante e mágico ao mesmo tempo. Mas o melhor de tudo eram as estrelas, que alardeavam sua luz pela neblina escura.

Caminhei pela floresta, amassando folhas e cantarolando, feliz comigo mesma. Eu adorava o escuro, porque fazia com que eu pudesse ser invisível sem que isso doesse tanto.

Quando cheguei ao anfiteatro, dei um uivo que reverberou pelas arquibancadas.

— Que demora! — Mortimer gritou. Desci os degraus aos pulos, para a barriga da besta. Havia algo libertador na noite. Era fácil se deixar levar.

— Como assim? — Deslizei os pés e parei logo acima do alçapão. Ouvi o movimento de terra abaixo enquanto ele subia pela calha inclinada que descia ao Túmulo. — Ainda é cedo. Eu ia esperar algumas horas, mas a Del estava me deixando louca com seu *cálculo*. — Eu me abaixei e girei a combinação no cadeado (o número sete, três vezes). Todos conhecíamos a combinação, porque às vezes papai mandava um de nós vir buscar quem estivesse preso lá dentro (ele insistia que a porta devia ficar sempre trancada, mesmo quando era Caspar quem estava lá embaixo).

O cadeado fez um clique e eu abri a porta. Mortimer subiu tão depressa que me fez perder o equilíbrio.

— Caramba! Você me assustou! — Dei um soco em seu ombro.

Ele me pegou nos braços e me puxou de costas, de modo que ambos caímos aos degraus de pedra.

— Obrigado, obrigado, obrigado! Obrigado por me resgatar. — Ele beijou meu pescoço.

— Ah, meu Deus, não me passe herpes no pescoço! — Eu o afastei de mim. Seus olhos estavam brilhando. — O que vamos fazer?

— Não sei — disse ele, fechando o zíper do moletom como se tivesse um plano. — A gente podia dar um passeio na cidade.

Normalmente, eu não concordaria com isso. Ainda mais tão cedo, quando com certeza ainda haveria pessoas nas ruas. Mas toda aquela história com Lisa Perez e a aula de teatro estava fazendo com que eu me sentisse rebelde. Ou apenas esperançosa?

— Tudo bem — respondi. — Vamos.

Mortimer franziu a testa. Ele esperava que eu dissesse não. Podia estar apenas brincando, ou me testando. Mas ele não voltou atrás. Estendeu o braço, pegou minha mão e me puxou em direção à estrada.

Papai sabia exatamente o que estava fazendo quando me pareou com Caspar. Mortimer e eu juntos era uma péssima ideia.

⁂

Os arredores de Almsrand eram só fazendas e estacionamentos de trailers, mas, logo passando o colégio, havia uma faixa de faróis de trânsito e restaurantes de franquia que poderia ser Qualquer Lugar, EUA. Já víamos os luminosos à frente. A cidade toda estava presa em uma caixa branca de luz, semelhante a um palco em um teatro escuro.

Paramos entre as moitas cerradas, na margem do bosque.

— Eu acho que você não devia usar isso — Mortimer disse, indicando meu vestido com um movimento da cabeça. Nós fazíamos nossos próprios vestidos, Delvive, Jerusalem e eu, porque papai não conseguia encontrar roupas suficientemente disformes. Então ele nos trazia tecidos desbotados que costurávamos em vestidos em forma de caixas. Também não éramos exatamente costureiras, por isso tendíamos a deixar bainhas inacabadas, ombros desiguais. — Todo mundo vai saber que você é uma de nós.

— Ah, sim, porque você passa totalmente despercebido com seu cabelo amarelo-elétrico — comentei. Ele puxou o capuz para cima. — Mortimer! Cadê você? — Estendi os braços, procurando-o no ar.

Ele empurrou minhas mãos.

— Cale a boca.

Eu ri.

— Não sei o que você espera que eu faça. Que tire o vestido e ande nua por aí? Isso me faria passar despercebida?

Ele pensou por um segundo.

— Eu tiro a camisa para você usar.

— Sem calça?

— Ela é bem comprida. Meninas sempre fazem isso.

— É, tipo no começo dos anos 2000.

— Eu não queria ter que lhe dizer isso, Cass, mas a roupa que você está usando é, tipo, do começo de 1800.

— Tudo bem. — Estendi a mão.

Ele abriu o zíper do moletom e virou de costas para tirar a camisa. Não queria que eu visse sua clavícula. Eu me lembrava do dia em que ele a quebrara, embora tentasse não pensar nisso. Papai tinha ido buscar Mortimer no Túmulo. Eu estava em meu quarto, escrevendo poesia capenga em um caderno, quando os ouvi chegando pelo bosque. Eu os ouvi porque Mortimer não parava de gritar.

Ele sempre tinha sido o desobediente, então, a princípio, todos acharam que só estava tentando chamar atenção. Aos poucos, fomos todos nos reunindo no andar de baixo, atraídos pelos gritos. Papai estava em pé em um canto da sala, com o rosto pálido e catatônico. Ele dizia para Mortimer parar de um jeito fraco e distante. Mas Mortimer continuava uivando, com a mão no coração, e então caiu pesadamente sentado. Caspar se abaixou para consolá-lo. Tentou acalmá-lo, aquietá-lo. Desabotoou sua camisa, para arejar, e disse: "Eu acho que o seu...", e então se deteve e caiu sentado também. Porque a clavícula de Mortimer estava se projetando para fora da pele.

Quando finalmente fomos para o hospital, o médico disse que clavículas costumavam se curar sozinhas, então talvez não fosse tão ruim que papai tivesse tentado empurrar o osso de volta para dentro. Que papai tivesse insistido que iria sarar sozinho, no tempo de Deus. Mortimer nunca teria ido para o hospital se Michael Endecott não tivesse aparecido em casa, do nada (papai disse que ele nos espionava). Ele ouvira Mortimer gritando e, quando o viu, teve uma grande briga com papai. Então Michael Endecott praticamente raptou meu irmão e o levou para o hospital.

Foi quando o Estado nos separou, quando fizeram uma batida policial em nossa casa e nos obrigaram a ir para a escola. Aqueles foram os piores dias da minha vida. Mas Mortimer disse à polícia que tinha sido um acidente, embora Michael Endecott (que não tinha como saber) continuasse a insistir que não, que havia algo errado com nosso pai e nossa casa e que estávamos sofrendo "abuso".

Eu pensava nessa palavra às vezes. Principalmente quando estava preocupada com o fato de outras pessoas estarem pensando isso. Porque eu não me sentia abusada. Só que eu não sabia. Não sabia como era a sensação de sofrer abuso, porque não sabia se isso estava acontecendo comigo ou não. E, de qualquer modo, não era só uma coisa que lhe diziam? Não era só mais uma coisa em que se acreditava? E, se eu acreditava que estava tudo bem e se Mortimer acreditava que tinha sido um acidente, então não era isso e pronto?

— Tome — disse ele, jogando a camisa sobre meu ombro. Eu me escondi atrás de um arbusto para me trocar, puxando o vestido sobre a cabeça e sentindo o ar frio da noite soprar nas roupas íntimas antiquadas que eu usava.

— Não sei se o comprimento dá para cobrir minha bermuda. — Nós, meninas, usávamos calções de algodão que iam até abaixo dos joelhos.

— Tire ela também — ele sugeriu com um muxoxo.

— Você é nojento.

— As meninas fazem isso, sabia? As meninas modernas.

— Esta menina aqui não faz. — Enrolei as mangas da camisa e saí de trás do arbusto.

Ele me lançou um falso olhar malicioso.

— Uau. Você quase parece uma pessoa normal.

— E você parece um rato anêmico.

— Seja mais criativa.

— O que vamos fazer com isto? — Levantei o vestido em uma das mãos.

— Queimar seria uma opção?

— Tem fogo? — brinquei. Ouvi um estalo e vi um isqueiro Zippo dourado na mão de Mortimer. — Onde você arrumou isso?

— Eu achei. — Ele o balançou de um lado para outro, fazendo a chama tremular. — Quer mesmo queimar essa porcaria?

— Considerando que eu tenho... deixe eu ver... três vestidos, acho que vou ficar com este.

— Certo. Não diga que eu não lhe dei a opção. Esconda embaixo de uma moita ou algo assim.

Foi estranho ver minhas pernas nuas quando me abaixei para esconder o vestido. Ainda bem que os pelos eram loiros, então não dava para perceber que eu nunca havia me depilado na vida. Com as botas pretas rústicas e as pernas magricelas e brancas, eu quase parecia descolada.

— Vamos — falei, sorrindo genuinamente talvez pela primeira vez na vida.

SEIS

Quando a primeira pessoa passou por nós na rua normal da cidade normal, peguei a mão de Mortimer. Ele deixou. Caminhamos assim por um tempo, parando ocasionalmente para olhar vitrines escurecidas, como se estivéssemos passeando pelas lojas depois do horário, quando, na verdade, tudo o que queríamos era olhar para nosso próprio reflexo — ele, todo gótico no moletom de capuz, e eu, uma grunge de pernas à mostra — e imaginar como seria se fôssemos adolescentes normais de uma família normal.

— Tudo seria diferente, não é? — desabafei. — Se a gente fosse como todo mundo. Como você acha que o Caspar seria?

Mortimer revirou os olhos.

— O Caspar provavelmente é o único de nós que seria exatamente igual.

Apertei sua mão. Eu sabia que devia soltá-la, mas não conseguia. E se eu me perdesse, sugada por aquele mundo real e diferente?

Caminhamos pela rua principal por meia hora antes que Mortimer começasse a ficar entediado. Ele queria ampliar a experiência, como sempre.

— Vamos entrar em um restaurante — disse, sacudindo minha mão em seu entusiasmo. — Ou um bar, sei lá.

— Nós não vamos entrar em um bar. — Soltei a mão dele. — E não temos dinheiro para um restaurante.

— E daí? A gente bebe água da torneira.

— Eu não quero fazer isso. — Estávamos na calçada oposta ao Pig, um barzinho informal. Eu podia ver homens fumando no jardim ao fundo, com os olhos às vezes brilhando sob o reflexo da luz, e isso me fez lembrar o que papai dizia: que Satanás está em toda parte, em todo mundo.

— E o que vamos fazer, então? Só continuar andando para cima e para baixo? — Ele levantou os braços em frustração.

Eu queria ir para casa. Precisava ir para casa. *Tarde demais, minha amiga. Você não devia ter concordado com isso.*

Mortimer enfiou as mãos nos bolsos e atravessou a rua em direção ao bar sem nem olhar para os carros.

— Aonde você vai?

— Vou pedir um cigarro para alguém. — E cuspiu no chão.

Corri atrás dele. Mortimer e eu já tínhamos fumado antes, pela primeira vez quando eu tinha uns doze anos e ele, onze. Encontramos meio maço no bosque e decidimos experimentar. Não foi exatamente uma beleza, mas acho que era algo a ser feito.

Mortimer entrou no jardim dos fundos e eu fiquei na porta, oscilando sobre os pés. Tentava não olhar para minhas pernas, que pareciam mais nuas que antes, mas era difícil evitá-las quando reluziam como faróis no escuro. Um homem me observava de sua mesa. O rosto parecia ser feito de cera, que escorrera dos olhos para o pescoço.

— Bela bunda — disse ele.

— O quê?

— Bela bunda — repetiu.

Fiquei gelada. Nunca, nunca, em toda a minha vida, um homem havia feito um comentário sobre o aspecto físico do meu corpo. Eu não gostei daquilo. E percebi, com o aperto mais frio e seguro da certeza, que estava agindo errado. Eu não deveria estar ali no escuro, vestindo apenas uma droga de uma camisa e botas que me faziam parecer uma prostituta de parada de caminhão.

— Consegui dois. — Mortimer passou, mostrando um par de cigarros. — Venha, vamos embora.

Eu o segui pela rua, para longe do bar. Sentia os ombros rígidos. Estava apavorada que o homem pudesse gritar atrás de mim, que ele pudesse berrar tão alto que o mundo todo ouvisse. *Bela bunda*. Eu queria vomitar. Me sentia suja por baixo da pele.

— Você está bem? — perguntou Mortimer, acendendo um cigarro e o passando para mim. — Peguei um para você.

— Eu não quero! — Bati na mão dele.

— Tudo bem. Nossa. Calma aí. — Ele prendeu o cigarro entre os lábios e o deixou pendurado.

— O que estamos fazendo?

— Hã?

— Por que estamos fazendo isso? Sabemos que é errado.

Ele tragou e soltou o ar, expelindo fumaça pelo nariz.

— Dá um tempo, Cass. É sério que você vai começar com isso de novo? — Não respondi. — Você me põe nessas situações idiotas e depois, de repente, dá pra trás, muda completamente de personalidade.

— Eu sei... Sei lá... — Cobri o rosto com as mãos. — Meu Deus, eu não sei o que estou fazendo. Queria que o Caspar estivesse aqui.

— Você vai chorar? — A voz dele subiu uma oitava. — Por favor, não chore.

— Eu não vou chorar — falei por trás das mãos. Deixei-as deslizar pelo rosto. — Só me sinto confusa, entende? Tipo... eu faço coisas sem pensar, e então meu cérebro me alcança e tudo fica atrapalhado.

— Castley. — Ele pôs a mão em meu ombro. — Sério... Isso não é o fim do mundo.

Olhei para as árvores.

— Acho que eu quero ir para casa.

— E quanto ao que *eu* quero? Você vai me trancar lá outra vez?

— Não... Eu... Se você... — Ajeitei a trança. — Tudo bem, você fica fora esta noite e eu te encontro amanhã de manhã no anfiteatro, antes da aula. Só trate de não se atrasar.

Ele suspirou.

— Tem certeza que não quer um cigarro? Castley, você não precisa ficar analisando o tempo todo. Às vezes só tem que fingir que é outra pessoa.

Eu ri sem querer.

— Mas isso é que eu faço o tempo todo. — Comecei a recuar de costas, em direção ao bosque. — Desculpe, eu só... Acho que só estou cansada.

Ele deu de ombros, passando o pé na terra no chão.

— Tudo bem. Eu fico bem sozinho. Obrigado por me soltar. E, Castley...

— Hum?

— Vê se não vai ter um daqueles seus momentos morais quando chegar em casa, tá bom? Só vá para a cama.

Concordei com um gesto de cabeça.

— Tudo bem. Prometo. — Hesitei por um instante, querendo lhe perguntar o que ele planejava fazer, num debate interior entre ficar ou não. Então respirei fundo e corri em direção ao bosque.

Depois de me sentir em segurança dentro do bosque, reduzi o passo. Deixei a noite me envolver. Eu era a noite: infinita, incorpórea e sem medo. Parei para entalhar uma estrela ao pé de uma árvore.

Isso é para me lembrar de como tenho sorte. De pertencer a um lugar. De estar segura.

Desenhei as cinco pontas: Hannan, Del, Caspar, Morty e Jerusalem. E eu, no centro, enterrada no coração.

A casa não me pareceu tão ruim quando me aproximei. Parecia familiar, e isso era significativo. Eu já ia atravessar o pátio quando vi Caspar, a menos de um metro de mim, com os olhos como discos brilhantes ao luar.

— Meu Deus! — Levei as mãos ao peito. — O que você está fazendo aqui fora? — Provavelmente ele tinha ido ver Morty. Devia saber que ele não estava lá. Devia ter adivinhado que eu o tinha deixado sair.

— O que *você* está fazendo aqui fora? — Era estranho ouvir Caspar responder a minha pergunta com outra. Os olhos dele estavam muito abertos e os ombros pareciam tensos, como se ele tivesse sido pego fazendo algo que não devia. Mas não fora *ele* quem *me* pegara?

— Nada. — Tentei dar de ombros. — Não consegui dormir.

— Eu também não — ele disse, rápido demais. Olhei para ele e ele olhou para mim, e cada um de nós sabia que o outro estava mentindo. — Quer ir primeiro?

Abri a boca para lhe contar tudo, mas ele apontou o pátio com um gesto.

— Ah. Tudo bem. Boa noite.

— Boa noite.

Acabei dormindo bem naquela noite, pela primeira vez em muito tempo. Acho que eu estava cansada, mas também satisfeita. Às vezes é preciso se testar para perceber o que realmente se deseja e, depois de tentar ser uma "menina normal" por algum tempo, eu soube que aquilo definitivamente não era o que eu queria. E me senti feliz e com sorte, até ver Mortimer na manhã seguinte.

✿

Quando eu disse a Caspar que iria ver Mortimer outra vez no caminho para a escola, tive dificuldade para convencê-lo a não ir comigo. Eu sabia que Caspar era uma pessoa benevolente e que, se descobrisse que eu deixara Mortimer sair, não iria me repreender nem contar ao papai. Mas tive receio de que ele me reprovasse mesmo assim.

— Acho que eu devia ir vê-lo — Caspar insistiu, torcendo os lábios carnudos enquanto avançávamos pela floresta.

— Não. — Suspirei. — Eu não quero te magoar, mas ele me pediu para você não ir. — Era mentira, mas eu sabia que Mortimer entenderia. Tinha de ser feito. Era mais fácil assim.

— Mas por que ele não iria querer que eu fosse?

— Eu acho... que talvez ele esteja com vergonha ou algo assim.

— Mas ele não devia estar com vergonha. Por que estaria?

— Bom, ele beijou a Lisa Perez. — Achei que talvez pudesse intimidar Caspar se começasse a falar sobre sexo. O problema era que eu também não me sentia à vontade com isso.

— Isso não é motivo para ter vergonha.

— Sim, mas, hum, ele... — Eu não tinha ideia do que dizer.

— Castley, eu tenho certeza que está tudo bem — ele retrucou, alterando seu curso em direção ao anfiteatro.

— Mas ele disse que você faz ele se sentir mal!

Caspar se deteve.

— O quê?

— Sei lá. — Quebrei um graveto com os dedos e o deixei escorregar, frágil, das mãos. — Porque tudo que você faz é sempre tão *perfeito*... Às vezes é meio difícil de encarar.

Ele desviou o olhar. Seu rosto apontava para o chão, mas eu ainda via o suficiente para saber que magoara Caspar. E a pior parte era que eu acho que ele sabia que eu não estava me referindo aos sentimentos de Mortimer. Acho que ele sabia que eu estava, bem... meio que falando de como eu mesma me sentia.

🍃

Quando cheguei ao Túmulo, chamei com cuidado, envolta na quietude do sol que começava a se erguer no céu.

— Morty? Você está aqui? — Eu me aproximei da grade do esgoto, mas só enxergava escuridão.

— Onde você pôs minha camisa? — A voz dele parecia desgrenhada.

— Ahh... — Eu a guardara, dobrada, no fundo da mochila. Sentei para procurar.

— Você pode ir mais depressa? Estou congelando.

— Você não está com seu moletom? — Ele não respondeu. E não apareceu atrás da grade.

Empilhei o livro de matemática e os cadernos no chão e puxei a camisa.

— Aqui. — Eu a segurei junto à grade. Ele não estendeu o braço para pegá-la. — Mortimer, *aqui*.

— Deixe aí.

Senti um calafrio — *bzzt* — ferroar meu coração.

— Como assim? Por quê? — Deslizei para mais perto, arrastando o vestido na terra. — Por que você não quer que eu te veja? O que aconteceu?

Espiei no escuro sombrio da caverna. Ele se levantou de repente, e a pele de seu peito nu se destacou na luz.

Era evidente que ele tinha tentado se limpar. Havia marcas de dedos nas cinzas pretas que riscavam seu corpo. A pele era rosa em alguns pontos. Um tom rosado que parecia queimar sob a luz.

— Ah, meu Deus. O que aconteceu?

— Não diga "ah, meu *você-sabe-o-quê*". — Ele arrancou a camisa das minhas mãos.

— Mortimer. O que aconteceu? O que você fez? — Não sei se eu estava imaginando, mas achei que sentia cheiro de fumaça. Pensei no isqueiro. Talvez ele tivesse se queimado com o cigarro. Talvez Deus o tivesse castigado por fumar, fazendo-o pegar fogo. — O que aconteceu com seu moletom?

Ele só riu enquanto vestia a camisa.

— É melhor você fazer alguma coisa com essa... sei lá o que é essa coisa preta.

— Cinzas.

— Mortimer, o que você fez?

— Nada, irmãzinha querida. Nada com que você precise se preocupar. Agora me tranque aqui e vá para a escola.

— Morty. — Enrolei os dedos nas barras, mas ele fugiu em direção às sombras.

Eu ia me atrasar para a escola se não me apressasse. E talvez fosse melhor ir de uma vez, ficar um pouco longe de Mortimer. Porque os problemas pareciam segui-lo do mesmo jeito que ele seguia os problemas. Era como se estivessem correndo atrás da cauda um do outro e, um dia, fossem se engolir.

🍃

Passei o dia todo na escola com os ouvidos atentos, para captar qualquer conversa sobre incêndio, mas não ouvi nada. Embora, para ser sincera, eu não tenha conversado com ninguém exceto George Gray, que falava sem parar, como de hábito. Ele me contou que seus pais estavam se divorciando porque o pai tinha traído a mãe e ela não queria mais transar com ele (sério, não estou brincando). Ele também me disse que estava no time de futebol do nono ano e que Hannan era o melhor jogador que ele já tinha visto na vida.

Caspar não falou comigo na hora do almoço. Acho que estava realmente bravo.

Mas eu precisava falar com ele. Precisava muito lhe contar sobre Mortimer. Porque, conforme o dia passava, eu me convencia cada vez mais de que Morty tinha feito algo horrível. E, se isso fosse verdade, não seria, de certa forma, minha culpa também? Porque eu o tinha ajudado. Eu o deixara sair.

E se ele tivesse começado um incêndio no mato? Ou queimado o altar da igreja? Ou sacrificado um bode? E ninguém jamais saberia que tinha sido ele, ninguém saberia porque ele tinha um álibi, um álibi muito forte. *Eu estava trancado em um buraco no meio do bosque.*

Eu me sentia completamente paranoica. Tinha certeza de que a polícia ou papai entrariam abruptamente pela porta da sala de aula. *Eu avisei que Deus estava olhando! Você achou mesmo que poderia ajudar Mortimer a escapar dos Aposentos de Deus sem que houvesse consequências?*

Depois da aula, eu me sentia tão mal que, em vez de ajudar a limpar a tralha no pátio, fui para o quarto e deitei em meu colchão, sozinha. O sol entrava pela janela e pousava em meu corpo pálido e triste, e eu me afundava e me consumia em um medo que não vinha de parte alguma.

Depois de um tempo, ouvi passos na escada. Apertei as mãos, torcendo que fosse Caspar. Era o papai.

Ele parou na porta.

— Você está bem, Castella? Hannan disse que você está doente. O que foi?

— Estou bem, acho. Só me sinto mal.

Papai entrou no quarto e se sentou no chão, a meu lado. Quando ele se sentava no chão, parecia inacreditavelmente jovem. Era esguio e compacto, como um dançarino. Quando ele se sentava, não parecia intimidante. Quando se sentava, ficava muito parecido com Caspar.

— O que está fazendo você se sentir mal, querida? — Ele acariciou minha bochecha com o polegar.

— Não sei. Tudo. Sei lá, acho que o mundo inteiro.

— Claro — disse ele e, por um momento, eu me senti bem com isso, comigo mesma. Ele afagou meu cabelo e falou, com aquela voz mágica: — O mundo é um lugar terrível. E pessoas como nós não nos encaixamos nele. É por isso que nos sentimos tão incomodados aqui. Porque não nascemos para estar neste mundo, percebe? Nós somos diferentes. Somos especiais. Especialmente você, Castella. — Ele respirou fundo. — Eu sei que é difícil, mas este é apenas um período de espera. Mantenha o olhar firme, fixo no céu. É lá o nosso lugar. Você e Caspar, Hannan e Delvive, Jerusalem e Mortimer. Seremos todos felizes lá. Estaremos em paz. Porque esse turbilhão que você sente por dentro é apenas um sintoma da carne mortal, nada mais que isso. E, se você se concentrar, se focar a mente, vai ver que este mundo não é real. Este mundo nem sequer existe. Apenas o paraíso existe.

Algumas das coisas que papai dizia me faziam sentir melhor. Algumas das coisas que ele dizia pareciam certas. E, naquele momento, eu queria estar no céu, com Caspar e todos os outros. Naquele momento, essa não parecia mesmo uma opção tão ruim.

Papai deixou Mortimer sair na quarta-feira à tarde. Durante toda a noite, eu me senti nervosa, certa de que alguém iria notar as queimaduras escondidas sob as mangas da camisa, ou o fato de que o moletom favorito dele tinha desaparecido. Não que eu quisesse que ele fosse punido, mas, quando nada aconteceu, eu me senti inquieta.

As coisas não melhoraram a partir daí. Del continuava não falando comigo. Jerusalem continuava não falando com ninguém. E eu tinha certeza de que Caspar estava me ignorando, embora ele fizesse isso tão educadamente que não havia como saber se era real ou se eu estava só imaginando — o que me deixava um pouco desconfiada em relação a Caspar, de um modo geral. Talvez ele não fosse tão ingênuo quanto eu sempre pensara.

Passei o restante da semana sozinha. Não falei com ninguém. A única pessoa que falava comigo era George Gray. Como eu estava tão desesperadamente solitária, não o achei tão irritante quanto tinha achado a princípio. Eu encontrava conforto no teatro, em brincar de fingir. Era o único momento e lugar em que eu não sentia medo, porque podia realmente imaginar que era outra pessoa. Era o único momento em que eu não precisava me preocupar com a verdade, porque tudo tinha mesmo de ser uma mentira.

George não era mau ator, embora houvesse certo grau de exagero acompanhando cada personagem que ele interpretava. A sra. Fein nos fez começar com leitura de roteiros em voz alta e interpretação de papéis de improviso, para criar um vínculo entre nós como parceiros de palco. Nada disso contava para receber nota, então a maior parte dos alunos nem tentou; passavam a hora de aula apenas batendo papo ou envolvidos em intrigas internas do grupo de teatro. Mesmo Del e eu não costumávamos nos importar muito, mas George levava tudo muito a sério, com o tipo de entusiasmo especialmente reservado a alunos do nono ano.

— Você devia usar mais o corpo quando interpreta — ele me disse. Eu o fitei com a testa franzida. — Não, o que eu quero dizer é que você fica muito dura. Sua voz é boa, mas... sei lá, dá para ver que você não está totalmente envolvida.

A única coisa pior que uma crítica é uma crítica que está certa.

Respirei fundo. Fiz um movimento sinuoso como corpo.

— Que tal assim?

Ele inclinou a cabeça.

— Na verdade não dá para ver muito bem o que você está fazendo embaixo dessas roupas.

Pousei as mãos na cintura.

— Primeiro eu não estava movimentando o corpo o suficiente, agora você quer que eu tire a roupa? — Era por isso que papai não queria que eu tivesse um parceiro homem no teatro.

Ele sorriu, depois ficou sério e pôs a mão em meu ombro. Foi um momento intenso.

— Você devia se envolver; teatro é isso. Você devia, sei lá, perder completamente o seu eu.

Minha respiração falhou.

— E quando não se tem um eu para perder?

— Aí deve ser mais fácil, imagino.

🍃

Nós, os Cresswell, sempre sentávamos juntos no almoço, para demonstrar que, sim, éramos esquisitos, mas praticávamos a contenção. Naquela tarde, Mortimer não pôde estar conosco, então sentei ao lado de Caspar para testar se ele estava mesmo me ignorando. Ele se moveu para abrir espaço para Jerusalem, ou porque queria se afastar de mim ou porque sabia que Jerusalem não gostava de sentar nas pontas. Ou ambos.

— Como está sendo o dia de todos? — perguntei. Ninguém respondeu. Na verdade, não costumávamos falar com ninguém na escola, a menos que fosse necessário, e não era necessário falar uns com os outros. Todos comiam em silêncio, e achei melhor me apressar também antes que Hannan perguntasse se podia ficar com meu almoço.

Era exatamente isso que eu estava fazendo quando ela apareceu. Estávamos tão pouco acostumados a ter pessoas se aproximando que era bem provável que ela tivesse ficado ali de pé um tempão antes que alguém a notasse. E, quando finalmente eu a percebi, não tinha a menor ideia de quem ela poderia ter vindo procurar. *Ela* era a menina do Great American, a menina da caminhonete. A menina de Michael Endecott.

Ela tinha uma beleza forte, que se refletia também em sua postura. Todos nos entreolhamos, questionando, de maneira nada gentil. De um jeito furtivo e acusador. Alguém estava em apuros.

A garota parecia concordar, porque abriu a boca e disse:

— Foi qual de vocês?

Ninguém falou nada por tempo suficiente para deixar claro que esse era o modo como operávamos.

Ela balançou a cabeça. Levou as mãos aos quadris. Parecia ter pensado que aquilo seria um grande transtorno para nós. *Foi qual de vocês?* Ela não nos conhecia bem o bastante para saber que nos preocupávamos tanto com as outras pessoas quanto elas se preocupavam conosco.

Exceto Caspar. Ele ficou realmente incomodado. Acho que não suportava não responder a uma pergunta. Ela provavelmente percebeu, porque olhou em especial para ele. E então perguntou, quase hesitante:

— Foi você?

Caspar se levantou tão abruptamente que todos nos movemos para o lado, como se impelidos por uma onda. Hannan levantou as sobrancelhas. Nós todos esperamos por sua explicação.

Ele torceu os lábios.

— Eu prometi à srta. Syrup que a ajudaria a arrumar a sala de aula — disse ele. — Quer vir comigo?

A garota pareceu confusa. Chegara tentando descobrir quem havia feito algo que, aparentemente, a havia aborrecido, e agora estava sendo convidada a fazer um trabalho voluntário. *Bem-vinda a Caspar.*

— Hum... tudo bem. — Eles se foram. Eu me recostei na cadeira e olhei para meus irmãos e irmãs, que retomaram o almoço como se nada tivesse acontecido.

— O que foi aquilo? — perguntei.

Hannan deu de ombros.

— Foi o Caspar tentando desviar o rumo da situação. Técnica clássica de defesa. — *Obrigada pela análise esportiva.*

— Não, eu me referi à pergunta dela: "Foi qual de vocês?"

Hannan mastigou com ar pensativo por um segundo. Então disse:

— Mortimer.

E mesmo eu tive de admitir que ele provavelmente estava certo.

*

No sábado de manhã, Caspar e Jerusalem foram para a feira com meu pai, mas voltaram cedo. Papai disse que o mercado estava vazio e que na semana seguinte teriam de tentar Huxley, que era mais longe, mas costumava ser mais movimentado.

Alcancei Caspar e Mortimer indo para o lago naquela tarde e, embora nenhum deles me quisesse junto, fui atrás.

Quando chegamos ao lago, tentei ficar perto de Caspar para ver se ele me desculpava.

— E então, como foram as aulas?

— Boas. — Ele tinha uma expressão estranha no rosto enquanto via Mortimer tirar a roupa.

Dei uma olhada, e meu coração parou. Quando Morty desabotoou os botões da camisa, as queimaduras em sua pele apareceram em um rosa intenso. Estavam espalhadas pelo corpo como tinta. Ele tirou a camisa. O braço direito era o pior, envolto em uma camada rósea e inchada de carne queimada.

Caspar se enrijeceu.

— O que aconteceu com o seu braço?

Morty levantou o pulso, observando-o com desinteresse.

— Queimou.

O olho direito de Caspar teve um espasmo nervoso. Ele se moveu para a frente, depois se conteve. Eu quase podia ver algo queimando dentro dele, subindo dos dedos dos pés para o restante do corpo. Senti no ar. Nunca o tinha visto bravo em toda a minha vida. Isso me produziu uma sensação estranha no estômago.

— Caspar? — chamei.

— Ah, é mesmo? — Ele tossiu. — Quando foi isso? — Seus olhos faiscaram em minha direção.

— Por que você está olhando para *mim*?

Morty deu de ombros lentamente.

— Cara, eu não lembro direito... Mas acho que talvez você lembre — respondeu, com ar sarcástico, para Caspar.

Ergui a mão.

— Não tenho a menor ideia do que vocês estão falando. Só para o caso de isso ainda não estar claro pela minha cara de tonta.

— Você... Por que você faria aquilo? — Caspar perguntou.

— Por que você faria *aquilo*? — Mortimer devolveu.

— Olha, eu ainda não sei do que vocês estão falando. — Ambos os olhares se fixaram em mim. Dando um tempo...

Caspar chutou a areia.

— Eu só queria garantir que ela ficasse bem.

— Bem? — Mortimer riu. — Depois que ela me dedurou para aquela aberração da natureza? Você sabe quantos problemas ela poderia ter me arrumado? Se não fosse por esta aqui ter dado com a língua nos dentes primeiro... — Ele me indicou com um gesto.

— De quem vocês estão falando? Quem você queria ver se estava bem?

— E o que você estava fazendo com ela, afinal? — Mortimer pressionou. — Você não acha que demorou um pouquinho para ver se ela estava *bem*? Resolveu fazer um *checkup corporal completo* nela? Foi conferir se ela estava bem *por dentro e por fora*?

— Mortimer. — A voz de Caspar era dura. — Não diga esse tipo de coisa.

— Senão o quê? *Senão o quê?* Você vai me bater, Caspar? — Ele golpeou o peito nu. Mortimer era um palmo mais baixo que Caspar, mas eu não duvidava de que acertasse alguns golpes, especialmente porque era provável que Caspar fizesse uma pausa entre os socos para pedir desculpa. — Então vem, vamos ver o que você consegue fazer.

— Eu não... — Caspar balançou a cabeça para clarear os pensamentos. — Eu não entendo por que você está fazendo isso.

— As pessoas mudam. Você mudou.

— A sua reação é totalmente exagerada.

— Você me decepciona. Você me decepcionou.

Um silêncio desceu de repente, parecendo empurrá-los um para cada lado. Um pássaro chamou a distância, mas não conseguiu preencher o vazio. Eu nunca tinha visto Caspar e Mortimer brigarem assim. Não entendia qual era o motivo da briga. Se eu não achasse impossível, poderia jurar que Mortimer estava com ciúme.

— Acho melhor a gente voltar — falei, estendendo os braços para juntá-los. — Logo é hora das orações, de qualquer modo. É o seu dia, Caspar.

— Eu sei que dia é, Cass — ele respondeu com rispidez.

— Ainda temos duas horas — Mortimer falou. — Por que voltar agora? Pelo menos eu tinha conseguido unir os dois contra mim.

— Bom, o que vocês querem fazer?

Caspar se moveu de repente, o que me assustou. A passos largos, ele caminhou diretamente para o bosque.

— Espere! Aonde você vai? — perguntei.

— Pergunte para o Mortimer!

Mortimer correu pela margem do lago e gritou atrás dele:

— Isso mesmo! Vá contar a ela sobre isso também! Conte *tudo* a ela! Traidor! Você é um traidor! Eu odeio aquele homem, conte isso para ela também! Se ele vier tentar me "ajudar" outra vez, eu mato aquele cara!

⌒

Às vezes eu detestava ter irmãos. Fiquei no lago com Mortimer. Não sabia o que mais fazer. Eu imaginava de quem ele estava falando (Michael Endecott), e então havia a tal *ela*. A menina na caminhonete naquele dia? A que eu tinha visto no Great American? Mas o que ela teria a ver com Michael Endecott?

Eu queria perguntar a Mortimer sobre isso, mas sabia que precisava ter cautela. Ele não estava no melhor dos humores.

Meu irmão flutuava na água, com o braço inchado solto ao longo do corpo.

— Dói? — perguntei, indicando o braço com a cabeça. — Quando você molha?

— Água fria é bom para queimaduras. — Ele ergueu a cabeça. — Sabia que eu ainda sinto arder às vezes? Embaixo da pele, como se ainda estivesse pegando fogo.

— Isso... é bom?

Ele revirou os olhos para mim.

— É como o que o livro diz sobre o batismo de fogo, que ainda se pode sentir queimando.

Torci o nariz. Nunca tinha ouvido Mortimer falar assim do livro do papai, como se fosse algo a ser admirado.

— Sobre o fogo... — comecei, esperando que ele continuasse a falar.

Ele baixou de novo a cabeça, de modo que seus ouvidos ficaram circundados pela água.

— Não quero mais falar disso.

— Você está mesmo bravo com o Caspar? — perguntei, mas ele fingiu não me ouvir. Às vezes eu *realmente* detestava ter irmãos.

Caspar se atrasou para as orações, mas isso não lhe trouxe problemas. Ele apresentou sua lição, algo sobre destino e sobre como Deus opera de maneiras misteriosas. Eu queria ficar sozinha com ele para lhe perguntar sobre o fogo, mas papai descobriu primeiro.

SETE

No domingo à noite, estávamos todos reunidos na sala de estar para o estudo das escrituras. Só papai não estava lá. Sentamos em nossos lugares e tentamos não olhar para mamãe, ou uns para os outros. *Se tudo é planejado com antecedência, o que significa estar atrasado?*

A porta da frente rangeu, depois se abriu com força, batendo na parede. Os passos de papai soaram, rápidos, pelo corredor. Ele entrou na sala carregando um fardo preto.

Olhou para mamãe primeiro, o que nunca era um bom sinal. Depois atravessou até a frente da sala e, como um mágico, levou o fardo acima da cabeça, fazendo-o se desenrolar em uma bandeira preta carbonizada.

Era o moletom de Mortimer... ou o que restava dele. Uma das mangas tinha sido totalmente queimada, e rasgos pretos, carbonizados e farelentos, decoravam a frente.

O moletom caiu no chão.

— Encontrei isto enterrado no bosque. Eu estava rezando e Deus me levou a ele. — Os olhos de papai se dirigiram para Mortimer. Os olhos de Mortimer foram para Caspar. — Lembro da última vez em que o vi e da primeira vez em que notei sua falta. E imagino se alguém pode me ajudar a preencher o intervalo entre esses dois momentos.

Eu me senti sumir. Como se meu corpo tivesse desaparecido e deixado minha alma suspensa no medo. Eu me sentia como o medo, o modo irracional e aleatório como ele queima e oscila, feito uma chama.

A última vez em que ele o vira: quando Mortimer desceu ao Túmulo.

A primeira vez que notara sua falta: quando Mortimer saiu do Túmulo.

Alguém pode me ajudar a preencher o intervalo?

Os olhos de Mortimer encontraram os meus. Eu sabia que ele estava desejando ter sido mais gentil comigo ultimamente, mas não era cruel o bastante para me oferecer para falar. E nem precisei fazer isso.

— Mortimer. Pode, por favor, tirar a camisa? — Papai chutou o moletom para o lado.

O rosto de meu irmão se contorceu. Suas mãos tremeram.

— Levante-se. Largue seu livro. E tire a camisa.

— Papai... — disse Caspar, fazendo menção de se levantar.

— Sente-se, Caspar Cresswell! Estou pensando seriamente em castigar você também.

— Então me castigue — disse Caspar, desequilibrando-se ao ficar em pé, de modo que seu livro caiu e as páginas se abriram no chão. — Eu sabia sobre isso e não contei. Escondi propositalmente do senhor.

Papai deu um passo à frente. Seus músculos estavam rijos sob a pele dos braços.

— Caspar, pode ajudar seu irmão a tirar a camisa?

— Não preciso de ajuda — respondeu Mortimer, puxando e arrebentando os botões da camisa, de cima abaixo. Ele gaguejava e cuspia enquanto falava, ao mesmo tempo aterrorizado e exaltado pela própria confissão.

— Eu não contei porque não queria envolver o senhor na história, se houver alguma repercussão. O Caspar descobriu por conta própria. — Havia uma luz estranha nos olhos de Mortimer, uma ansiedade ávida que os fazia cintilar à luz das velas.

As queimaduras, das quais eu não achava que ele estivesse cuidando adequadamente, pareciam *piores*. Seu braço estava escurecido e enrugado, como a pele de uma serpente em muda. Ele esticou os braços em súplica.

— Eu ateei fogo na frente da porta de Michael Endecott, para avisar que ele e sua enteada fiquem longe de nós.

Enteada? A menina do Great American era enteada de Michael Endecott? E Mortimer tinha visto Caspar na casa dela, mas não mencionou isso.

Papai não sorriu, mas seus lábios se moveram como se estivessem segurando algo doce. Tentei captar o olhar de Caspar, mas ele estava olhando para a escuridão que crescia do lado de fora da janela.

🍃

Era fácil saber quando o dinheiro estava apertado, porque papai saqueava a comida que armazenávamos para o Apocalipse. Na manhã seguinte, comemos arroz e feijão enlatado. Papai os colocou cuidadosamente sobre a mesa, assegurando-se de que nenhum grão de arroz caísse, depois foi alvejar a louça. Ele era obcecado por alvejante sanitário. Usava em tudo: pratos, nossas roupas, até no piso de madeira, de modo que o chão estava sempre desbotado e soltando farpas sob nossos pés.

Hannan mergulhou no café da manhã com entusiasmo, embora eu tenha ouvido dizer que seu técnico o alimentava antes do treino todas as manhãs. Mortimer observava papai com uma fome que não era de comida. Caspar não estava lá.

— Onde está o Caspar? — perguntei a papai enquanto ele esfregava uma panela até ela descascar.

— Foi para os Aposentos de Deus.

— Mas por quê?

Papai se apoiou no balcão da pia.

— Reflexão é bom para a mente, Castella. Nem sempre é um castigo.

Eu sabia que Caspar estava se punindo. Pensei em visitá-lo antes da escola, mas então lembrei o que Mortimer dissera no lago e desisti. Se Caspar queria se castigar, talvez merecesse isso.

🍃

Todas as manhãs, eu começara a esperar com prazer a aula de teatro. Com Del em uma classe diferente, esse era praticamente o único lugar do meu mundo em que eu podia escapar de minha quase meia dúzia de irmãos.

Na manhã seguinte, eu corria colina abaixo para o teatro quando alguém estendeu a mão e me segurou, fazendo-me parar. Era a sra. Tulle.

Eu não estava acostumada a ser tocada, em especial por um estranho, então puxei o braço e recuei.

Ela levantou as mãos.

— Desculpe, eu não pretendia assustar você. Queria falar sobre Baby J.

— Ela falava o nome de um jeito engraçado, *Bei-bii Jeei*, como se o estivesse saboreando.

— O que tem ela?

A professora pareceu se surpreender ao me ouvir falar. Ficou imóvel por uns dez segundos antes de balançar a cabeça.

— São as pinturas dela.

Senti o peito apertar. Será que Baby J estava encrencada?

— O que tem de errado com elas?

— Nada. Ah, nada mesmo. São *maravilhosas*. — Ela esperou que eu concordasse e franziu a testa quando eu não disse nada. — São precisamente isso. Espetaculares. Geniais. Muito originais.

— Não estou entendendo o que a senhora quer dizer. — Eu não pretendia falar num tom de voz tão frio, mas não me sentia muito à vontade conversando com estranhos.

— Ela não quer mostrar para ninguém. Quer dizer, não exatamente *ninguém*. Claro que eu vejo as pinturas, e seus colegas de classe também, mas eu acho que... Perguntei se ela concordaria em fazer uma exposição, algo bem local, e ela disse não. Quer dizer, não *disse* não. — Ela sorriu, como se isso fosse engraçado. — Naturalmente, ela não disse isso. Mas sinalizou que não queria mostrá-las. E então... bem, ela pegou todas as pinturas que estavam em seu escaninho na classe e não sei para onde levou. Eu realmente espero que ela não tenha feito nada com as pinturas.

Eu me senti entristecer, envolta em uma onda de chumbo que desceu, pesada, até os pés. Eu tinha visto as pinturas, enfiadas no canto de nosso quarto.

— Tenho que ir para a aula — falei. A expressão da sra. Tulle foi de decepção, e ela começou a se afastar de mim do jeito que todos eles faziam, amedrontados por nós, os Cresswell, pela desesperança que sentiam atrás de nossos olhos cinzentos. Eu a vi ir embora e senti meu coração partir.

— Eu não acho que ela destruiria as pinturas!

A sra. Tulle se virou, oferecendo-me um sorriso fraco.

— Espero mesmo que não. Eu detestaria que algo tão belo fosse destruído.

Senti meu peito se contrair. Comecei a me mover. Colina abaixo, em direção ao teatro. Precisava chegar logo à sala. O teatro era um lugar seguro, um lugar feliz. Até eu descobrir que iríamos fazer improvisações.

*

Eu detestava com todas as forças improvisar. Era ridiculamente ruim em inventar coisas na hora. A ideia me fazia querer vomitar e morrer ao mesmo tempo. Era o mesmo para Delvive, então, no passado, sempre "desaparecíamos" nos dias de improvisação. A sra. Fein, que não era muito boa observadora, nunca percebia.

George Gray, por outro lado, adorava improvisar. Aparentemente, era seu verdadeiro talento. Ele me disse isso enquanto a sra. Fein nos conduzia para o teatro. Percorri o auditório com o olhar, à procura de uma saída. Havia luminosos vermelhos em todos os cantos.

— Hum, George? — Tentei segurar a mão dele. — Acho que não estou me sentindo muito bem.

— Sra. Fein! Sra. Fein! — ele gritou. Senti uma onda de alívio. Finalmente ele tinha me ouvido. — Queremos ser os primeiros!

*

A sra. Fein acendeu as luzes do palco. Então, se eu não focasse o olhar, a audiência se tornava uma mancha fraca e embaçada. *Você vai morrer*, meu cérebro me dizia. Provavelmente era um mau sinal o fato de a morte me apavorar menos.

A sra. Fein não era exatamente criativa para inventar argumentos.

— Muito bem. Vocês são marido e mulher e vão ter uma discussão.

— Oi, querida, cheguei! — George exclamou vigorosamente. A voz dele ecoou pelo teatro. Eu via o poço da orquestra, que parecia se abrir diante de mim, cada vez mais largo, como o vazio me convidando a entrar. Isso fez com que eu pensasse em Caspar, dentro do Túmulo. Em Jerusalem, escondendo suas pinturas.

Estremeci e me obriguei a levantar o olhar. As luzes do palco ofuscavam meus olhos.

— Srta. Cresswell, você precisa participar também — a voz da sra. Fein ressoou do escuro.

— Meu nome é Castley. — A luz flutuava em meus cílios quando olhei para a plateia.

— Essa tarefa vale nota — a voz dela zumbiu. — Você tem que participar, ou vou dar zero para os dois. Está ouvindo, srta. Cresswell?

— O nome dela é Castley — disse George Gray.

— Comecem de novo.

Respirei fundo. George franziu o nariz para mim, em uma expressão de incentivo. Fechei os olhos, mas, na escuridão em que tentava me esconder, as pinturas de Baby J se ergueram, brilhantes e alucinadas, ressoando no escuro como um uivo na noite.

Tu esconderás teu verdadeiro eu. Enterrarás o que temes em uma arca trancada na caverna de teu coração, onde manterás os ossos da pessoa que poderias ter sido.

E os planetas giravam. E as estrelas varriam o espaço como sinais de alerta cruzando o céu frágil.

Por que as pessoas não podem ver isso? A sra. Tulle disse que as pinturas eram belas, mesmo que (talvez) a assustassem. Por que Baby J precisava escondê-las? Por que nós todos tínhamos de nos esconder? Por que não podíamos mostrar quem realmente éramos, disfarçados em tinta num quadro, ou escondidos em uma pantomima?

Quando abri os olhos, as coisas pareciam diferentes.

— Por que você me empurrou na escada?

— O quê?

— Minha perna. — Eu a toquei. Juro que a sentia arder. — Dói muito. Acho que minha perna está quebrada. — Manquei ligeiramente. Meu corpo tinha sido possuído por algo. Não era a verdade, mas parecia tanto com ela que eu podia sentir seu gosto no fundo da garganta.

A casa se abriu diante de meus olhos, enchendo o palco de minha mente. As lâmpadas de gás tremulantes, a escada fria e escura. O cheiro doce e enjoativo de bolor e alvejante.

— Hum... Perdão? — Um riso nervoso percorreu a plateia, mas passou direto por mim. Não havia plateia. Apenas eu e uma encenação que parecia mais forte que a realidade. Apenas a dor encenada que latejava em minha perna real.

— Você pede perdão? Eu não posso andar. Vou ficar em uma cadeira de rodas pelo resto da vida e você me pede perdão? — Minha voz soava áspera. Minha voz estava se libertando.

— Hum... Eu não acho que esteja quebrada.

Senti a indignação dos justos queimar dentro de mim quando me virei para encará-lo, tropeçando em minha perna ruim.

— Você não está vendo o osso? — Subiram murmúrios da plateia. Ouvi respirações se prendendo, parando. Senti o pulso acelerar.

— Hum... Não estou vendo. Talvez você tenha imaginado.

— Nã-não! — a sra. Fein o corrigiu. — Você não pode negar a história dela.

— Imaginado? — esganicei. — Talvez eu tenha imaginado. Talvez tenha imaginado tudo. É o que eu digo a mim mesma. Quando você faz essas coisas, essas coisas terríveis, horrorosas, eu digo a mim mesma que tudo deve estar só na minha cabeça! Eu me mantenho em segurança me fazendo de louca.

George Gray estava perplexo. A plateia, em silêncio. E então começaram a aplaudir.

— Magnífico! — a sra. Fein exclamou, mais surpresa do que qualquer outra coisa. — Simplesmente brilhante!

Tentei sorrir. George Gray pegou minha mão e fez com que me inclinasse em um cumprimento, depois me conduziu do palco para a plateia.

Quando nos sentamos, uma das meninas virou para mim e disse:

— Muito bom.

E outra concordou que foi "legal".

Eu me sentiria orgulhosa se não pensasse demais. Assisti à apresentação dos outros alunos tentando simular emoção ou fazer piadas. Mas minha emoção era real. E, pela primeira vez, isso não parecia ruim.

Deixei George Gray me acompanhar até a sala da aula seguinte, embora Hannan estivesse nela também e pudesse nos ver. George estava em silêncio pela primeira vez. Ficava me lançando olhares estranhos, como se não soubesse bem com quem estava lidando.

— Ei. — Ele me puxou para um canto discreto perto da classe. Seus dedos permaneceram em meu braço, e meus nervos eferverceram e começaram a queimar. Tive de puxar o braço de volta. Tive de me afastar. — O que foi tudo aquilo que você falou na aula?

— Eu só estava encenando — respondi, dando de ombros.

— Mas parecia real. — Ele tinha lábios engraçados, finos e firmes. Nada como os de Mortimer ou Caspar. Nada especial.

— É porque eu sou boa.

Ele me olhou de cima a baixo, como se estivesse tentando me encontrar dentro de minhas roupas.

— Tudo bem. — Mordeu o lábio fino. Eu me afastei do canto. — Ej, Castley? — Parei. — Eu acho você realmente incrível. Só queria que você soubesse disso porque... — Ele respirou fundo. — Porque é uma coisa boa, e eu acho que as pessoas não têm muito o hábito de falar coisas boas. Elas pensam, mas não dizem. E deveriam. Acho que o mundo seria um lugar bem melhor se elas fizessem isso.

Franzi a testa.

— Sabe, você poderia ter parado depois de dizer que me acha incrível. Não precisa dizer tudo o que passa na sua cabeça.

Ele refletiu por um instante.

— E você não precisa dizer nada do que passa na sua.

Tentei evitar que minha respiração parasse — *um, dois, três* — de imediato.

Quis pensar em algo bobo para dizer, algo para tirar o peso do que aquelas palavra simples me fizeram sentir, mas não consegui. Era importante demais e significava demais para mim.

❧

Depois da aula, fui ver Caspar. Tinha uma sensação de profunda inquietação enquanto descia os degraus do anfiteatro. Não era como com Mortimer, quando eu sabia que ele provavelmente estaria só cochilando, ou tramando algo, ou aprontando alguma confusão. Caspar ficava genuinamente contrito. Era provável que estivesse rezando para pedir perdão por alguma coisa boba em que a maioria das pessoas nem pensaria duas vezes.

Avancei devagar pelo chão de terra. Respirava fundo, sentindo o cheiro forte de folhas em decomposição. Vi a grade a minha frente, abrindo-se como um poço de orquestra. Parei, endireitei os ombros e me virei lentamente na direção de casa.

— Castella? — ouvi sua voz, suave e tristonha, emanando do chão. A imagem de Mortimer e Lisa, a que havia se fixado no fundo de minha mente, encheu-me a cabeça. Vinha acompanhada de uma sensação inebriante, pintada com oxigênio. Eu a inspirei e me recompus.

Imaginei que estava ali para resgatar Caspar, mas então lembrei que ele tinha vindo por vontade própria. Como se resgata alguém de si mesmo?

— Eu só queria ver se você estava bem.

— Estou bem. — Eu não conseguia vê-lo através das grades e achei que talvez ele estivesse no chão, de joelhos.

Passarinhos gorjeavam, bem no alto, ao sol, acima das árvores. Senti o cheiro quente das folhas de outono. Eu sabia que devia ir para casa, que arrumaria problemas se chegasse tarde, mas, naquele momento, não me importei.

Sentei na terra. Pus a mochila no chão e apoiei a cabeça nela. Fechei os olhos. E ouvi o passarinho cantar e senti o Túmulo sob mim, aquecendo a terra com seu espírito sagrado. E, depois de um tempo, adormeci.

❧

— Castella? — ouvi a voz de Caspar. Eu estava no campo de futebol com George Gray. Ele estava sempre à vista, mas fora de meu alcance. Eu queria falar com ele, isso era tudo o que eu queria fazer (*beijá-lo*), mas não podia, porque ele não me via.

Eu queria gritar, mas minha boca estava pregada. Passei os dedos por faces de metal. E, então, vi o fogo. Começou na barra de meu vestido, desfazendo o tecido como uma cortina enquanto seguia queimando em direção a meu coração.

George, estou em brasas! Estou em brasas, George! Eu gritava, mas sabia que meus lábios não estavam se movendo. Esfreguei-os com os dedos, tentando abri-los à força.

Eu estava em pé na carroceria de uma caminhonete. Em uma troca de marcha, fui jogada para a frente. Era a velha caminhonete vermelha de papai e estava atravessando lentamente o campo de futebol. Era o jogo de boas-vindas do começo do ano escolar, e as arquibancadas estavam lotadas de pessoas vestidas de verde e azul. Estavam todas ali para nos ver, porque eu não estava sozinha. Todos os meus irmãos e irmãs estavam lá comigo, e minha mãe em sua cadeira de rodas, rodando para a frente e para trás na carroceria da caminhonete. E eu não via papai, mas havia uma figura ensombrecida atrás do volante, e eu sabia que devia ser ele.

A marcha foi trocada de novo e tentei me segurar em algo, mas meus dedos voltaram ardendo. O fogo. O fogo a meus pés se espalhou por toda a carroceria da caminhonete. E toda a multidão se encheu de "ohs" e "ahs"...

Eu via Michael Endecott e a garota. Via Lisa, Riva e Emily Higgins. Abri os lábios para gritar, mas o fogo invadiu minha boca. Eu o via queimando meus irmãos e irmãs, até que não havia nada além de chamas dançantes.

George! George, por favor! Eu o via de costas, a cabeça, o corpo alto, enquanto ele subia pelas arquibancadas. Estava com os amigos, comprando pipoca. Meu vestido tinha queimado inteiro. O fogo envolveu meu corpo nu. O público começou a aplaudir.

— Magnífico! Simplesmente brilhante!

Por favor! Alguém! Por favor, alguém me ajude! Por favor! Meus irmãos e irmãs tinham desaparecido. Até mesmo a figura ensombrecida tinha desaparecido. Tudo que restava eram as chamas, as chamas e a parte de mim que não havia queimado.

— *CASTELLA!*

Algo pontudo cutucou a lateral de meu corpo, e eu abri os olhos. Vi a base das árvores primeiro, elevando-se para o azul-escuro do céu noturno. Estendi a perna.

— Ei! — A grade de metal balançou com ruído. Eu tinha feito contato. — Castley? Você está bem? — Rolei de lado no chão de terra. Caspar estava em pé atrás das barras, riscado de cinzas. Eu as toquei, toquei a mancha sobre seu lábio.

— O fogo. — Estremeci.

— O quê? Não, Castley. É terra. É só terra. — Ele enfiou a mão entre as barras e segurou a minha. Sei que tentava me acalmar, mas só fez meu coração bater mais depressa. — Você estava sonhando. Foi só um sonho.

Meu riso saiu pesado. Na nossa família, nunca era "só um sonho". Sonhos assumiam uma importância enorme. Eram um meio de Deus falar conosco. Praticamente vivíamos desde sempre com base nos sonhos de papai.

Eu queria puxar o braço, mas sabia que ele poderia interpretar mal. Ele só estava segurando minha mão. Eu não precisava ter medo do toque de todo mundo. Respirei fundo.

— Pode me contar, se quiser. — Ele apertou minha mão com mais força. Tão forte que eu achei que a respiração, que não conseguira recuperar, poderia me sufocar.

— Acho melhor não.

Ele se moveu no piso de terra da caverna, chegando mais perto da grade, de modo que seus lábios ficaram pressionados entre as barras.

— Foi ruim? — perguntou. — Eu tenho sonhos ruins às vezes.

Aquilo me surpreendeu. Nós tínhamos que contar os sonhos que achávamos que poderiam ser importantes, e Caspar nunca havia nos contado um sonho ruim. Eu me sentei.

— Você às vezes pensa no que vai acontecer com a gente?

Ele não disse nada por um momento e, naquele instante, disse mais do que se usasse palavras, porque eu percebi que ele pensava. Muito.

Caspar tentou sorrir, o que foi completamente errado para a situação, e eu observei a tentativa se desfazer e desaparecer.

— Nós só precisamos lembrar que esta vida é temporária.

— O que me preocupa — continuei, ignorando seu encorajamento sem sentido — é que, se alguma coisa der errado, não tem ninguém que possa nos ajudar. Ninguém no mundo inteiro. Quer dizer, e se algo acontecer... — eu queria dizer "por causa do papai", mas não pude confiar nisso, não pude dizer isso — ... com o papai? O que nós vamos fazer?

— Temos que confiar que Deus vai manter o papai em segurança. — Ele apoiou a testa nas barras. — Castley, não é bom se preocupar com todas as coisas que podem dar errado. Deus nunca vai nos testar além da nossa capacidade.

Suspirei, fingindo encontrar conforto em suas palavras.

— Tudo bem. — Puxei a mão.

— Castley. — A mão dele agarrou meu vestido e se fechou no tecido. — Eu protegeria você. Eu vou proteger você. Tudo bem?

— E os outros?

Ele respirou fundo.

— Eu vou proteger os outros também. Prometo. Não vou deixar nada acontecer com vocês.

Fitei as barras.

— Mas e se você não estiver aqui?

— Castley. — Ele soltou meu vestido e me estendeu a palma aberta até que eu lhe desse a mão. Então a puxou para perto de si e beijou meu pulso. — O que quer que aconteça comigo, onde quer que eu esteja, aqui ou a cem quilômetros de distância ou morto no céu, eu vou proteger vocês. Vou voltar para vocês. Já fiz isso antes, não fiz? — Ele estava se referindo à sua ressurreição, e eu me senti intimidada e confusa ao mesmo tempo.

— Tudo bem.

— Castley. — Ele pressionou minha mão em seu rosto. — Eu sei que às vezes é difícil acreditar em tudo em que temos que acreditar. Ter fé em um paraíso que não podemos ver e em um pai que talvez não seja... p--perfeito. Mas eu quero que você saiba que sempre pode ter fé em mim.

Eu quase lhe perguntei sobre a enteada de Michael Endecott, o que teria arruinado o momento. Mas não perguntei, e isso arruinou o momento de qualquer modo.

Era hora de começar a fazer minhas apostas. Eu não podia mais contar com Caspar. Não podia contar com um irmão que jurava me proteger quando estava em prisão voluntária. Não podia contar com irmãos que estavam mais confusos do que eu.

E se meu sonho fosse realmente uma profecia? E se algo ruim realmente estivesse se aproximando? No sonho, George Gray tinha me ignorado quando poderia ter me salvado. Eu precisava fazer amizade com ele para evitar que isso acontecesse. Precisava de um amigo, apenas isso. Alguém fora de minha família, só por precaução. Eu só estava apenas fazendo minhas apostas.

— Você é de Almsrand, certo? Onde você mora? — perguntei a George. Deveríamos estar escolhendo a cena que apresentaríamos no fim do semestre, mas a sra. Fein nos dava um prazo tão grande para isso que ninguém se importava de fato até uma semana antes.

George ficou boquiaberto. Ele não precisava tornar aquilo mais constrangedor do que já era. Estávamos sentados em nosso lugar, no fundo do saguão, debaixo do bebedouro. Pelas portas de vidro, víamos Tommy Gunn e Bobby Wright fumando do lado de fora.

— Bom, eu, hum, moro perto do... do restaurante que serve frango. Moro em cima dele. Então a minha casa meio que cheira a frango. Antes eu morava em Lavender Road, mas meu pai vendeu por causa do divórcio.

— É, eu sei onde fica.

— Hum... e você, mora onde? — Ele fez um movimento nervoso enquanto se sentava mais para a frente. Tinha esse hábito estranho de se movimentar nervosamente quando ficava animado, como um robô com defeito. — Eu sei que você mora no bosque, mas não sei onde. É longe?

— Hum, você sabe onde fica o lago?

— Que lago?

— O verde. Meio pequeno. — Ele negou. — O antigo anfiteatro?

— Não. Nunca estive lá. Mas já ouvi falar.

Eu me senti incomodada por ele não conhecer os pontos de referência que cercavam nossa casa. Passou pela minha cabeça que talvez eles não existissem, por mais louco que isso pudesse parecer. Talvez nós realmente vivêssemos em uma dimensão diferente. *E ninguém jamais nos encontraria se todos nós simplesmente desaparecêssemos.*

— Não sei como explicar. — Suspirei. — É, sei lá, a uns cinco quilômetros daqui. Naquela direção. — Apontei para as janelas altas.

— Ah, legal. Conta mais sobre essa história de anfiteatro.

Minha pulsação se acelerou. O anfiteatro era sagrado. Eu não deveria ficar falando sobre ele.

— Sei lá. É meio como... um palco.

— Eu ouvi dizer que faziam rituais satânicos lá.

— Quem?

— Sei lá. Satanistas? É o que dizem na cidade. Tem várias lendas urbanas sobre isso. Sobre sacrifícios de bebês e coisas do gênero.

— Você está dizendo que nós fazemos isso? — Apoiei-me no bebedouro e levantei.

— O quê? Não. Claro que não. Caramba. — Ele pegou meu pulso. Fiquei tão surpresa que o deixei me puxar de volta para baixo. — Eu sei que você não é nenhuma aberração, Castley. Você é uma pessoa normal.

— Como você sabe?

— Porque... eu te conheço. Você é como todo mundo — disse ele.

Senti uma onda de alívio. E não sei se foi porque ele disse que eu não era uma aberração, ou só por saber que alguém realmente me *via*. Que eu não era como o lago ou o anfiteatro. Não era uma lenda urbana.

— Você não percebe? — disse ele. — As outras pessoas, elas não te conhecem. Quer dizer, elas acham que sim, mas não conhecem a pessoal real que você é. É por isso que não veem que você é como todo mundo. Se conversassem, se passassem algum tempo com você, elas saberiam. Se você saísse comigo e com meus amigos, eles com certeza iam gostar. Você é legal.

— Mesmo? — falei sem querer.

— Claro! Você devia mesmo sair com a gente. — Ele chegou mais perto de mim. — A gente se encontra no The Chicken Shop. Vá até lá qualquer hora. Sério, meus amigos vão gostar de você.

Fiquei tão entusiasmada com a ideia de ter amigos que, em vez de dizer não, como eu sabia que deveria, senti meus lábios se moverem e um novo som sair deles. Eu me senti dizer:
— É, eu devia.

OITO

Embora eu estivesse quase certa de que nunca iria ao The Chicken Shop, fiquei animada com a possibilidade. Eu me imaginei em meio a outras pessoas, vestida como uma adolescente normal. Pensei que seria a primeira pessoa em minha família a ter um amigo normal, mas estava enganada.

Na quarta-feira à noite, estávamos reunidos em um círculo, lendo as escrituras. Caspar continuava no Túmulo... ou pelo menos nós achávamos que sim.

O clima andava muito ruim em casa nos últimos tempos. Metade disso era causada pela fome, e o todo era causado por papai. Ele não tinha emprego, então confiávamos na providência divina. E Deus nem sempre trabalhava seguindo um cronograma constante.

No jantar daquela noite, tínhamos comido tomate e biscoitos. Meu estômago me incomodava muito, mas lembrei a mim mesma que Caspar não comia desde domingo, então eu não deveria reclamar. Deveria me sentir purificada e santa, ou algo do gênero.

Del e eu estávamos deitadas de bruços no chão, e Mortimer, Jerusalem e Hannan se amontoavam no sofá. Mamãe estava em seu canto, tão pálida que a luz das lâmpadas a gás parecia brilhar através de sua pele como um projetor.

Estávamos lendo o livro de papai, o que meio que se adequava à atmosfera desvairada e faminta, quando ouvimos passos rangendo pelo campo em frente de casa. Ninguém disse nada, até que a porta se abriu.

Papai passou a mão pelos cabelos.

— Caspar?

— Sim, meu pai. — Eu sabia que era Caspar falando, mas não parecia ele. Sua voz estava fraca. E, então, nós o ouvimos sussurrar. Eu me sentei, apertando a capa sebosa de meu livro contra o peito.

Caspar apareceu na entrada da sala. Parecia pálido sob a sujeira que formava uma camada sobre sua pele. Seus olhos estavam muito abertos e brancos de medo. Mas, quando ele falou, sua voz era calma.

— Eu trouxe alguém para casa. Ela estava perdida no bosque e quer... precisa usar nosso telefone. Achei que era a coisa certa a fazer.

Papai não sorriu ou disse que estava tudo bem. Não fez nada além de dizer:

— Faça-a entrar.

Caspar voltou ao corredor. Eu o ouvi sussurrar para alguém. Foi só quando ela entrou pela porta que me dei conta de que Caspar perdera totalmente o juízo.

Ele havia trazido para casa a enteada de Michael Endecott. Ela entrou com movimentos tranquilos, como se estivesse totalmente à vontade naquela sala escurecida e suja, com nós todos a encarando como se fôssemos um ninho de vespas.

Uma onda de ciúme me invadiu. Não por causa do jeito que Caspar olhava para a garota, mas por saber que eu nunca seria como ela. Nunca me sentiria tão à vontade assim, não aqui nesta casa, ou no mundo, ou em qualquer lugar.

Papai fechou o livro com ruído.

— Boa noite, Amity. — Apertei meu livro entre os dedos. Ele sabia quem ela era. — Você se perdeu? — Por um segundo alucinado, a raiva de papai pareceu atravessar a sala, como se fosse uma força física. O que Caspar estava fazendo? O que ele estava pensando? Com certeza papai não encostaria um dedo nela. Ela não lhe pertencia. Mas nós, sim.

— Hum... — Ela deu uma olhada rápida para Mortimer. — Mais ou menos... acho.

— Que estranha coincidência — disse Mortimer.

Amity fez uma careta em direção a ele.

— É só uma questão de estar no lugar errado na hora errada, mas você não sabe nada sobre isso.

Mortimer se eriçou.

— Você gostaria de usar o telefone? — papai perguntou, com um sorriso apertado.

— Se o senhor não se incomodar, eu agradeceria muito. — Como ela fazia isso? Como olhava papai nos olhos e não desmaiava? Ela nem piscou. Imaginei o que Amity pensaria se soubesse como vivíamos, se soubesse das coisas em que acreditávamos. Imaginei se Caspar teria lhe contado. Imaginei se ele teria lhe contado o que quer que fosse.

Papai abriu seu livro e deu uma folheada rápida, com uma postura de ator. Era o que sempre fazia antes de estourar. Ficava controlado, como se estivesse entrando em um papel. Ele era um bom ator. Sua vida era uma representação teatral.

— Não incomoda em nada, minha querida. Você me acompanharia ao escritório? — Caspar fez menção de segui-la. — Caspar. Fique. — O livro se fechou ruidosamente. — Venha, querida.

Assim que a porta do escritório de papai se fechou, a sala explodiu. Mortimer era quem falava mais alto.

— Você é um imbecil, porra!

— Caspar, o que deu na sua cabeça? — Essa foi Delvive.

Até Hannan murmurou:

— O que você estava pensando, cara?

E Baby J escondeu o rosto nas mãos.

Mortimer pulou do sofá e começou a andar pela sala.

— Caspar, você pirou de vez?

— Ela precisava usar o telefone — ele respondeu baixinho. — Perdeu o dela.

Mortimer parou na frente dele.

— Não passou pela sua cabeça simplesmente *acompanhá-la até em casa?*

Caspar pareceu ter levado um golpe. Acho que ele não tinha pensado nisso. Aliás, acho que nem sequer tinha usado o cérebro.

— Não precisa criar uma confusão tão grande — ele disse entre os dentes cerrados.

— Você está preocupado que *eu* crie uma confusão? Você é um idiota, puta que pariu. Por que tinha que ficar de pau duro pela porra da enteada de Michael Endecott?

— Mortimer! — mamãe protestou. Acho que todos nós tínhamos esquecido que ela estava lá. Ela se mesclava tanto ao fundo que era fácil isso acontecer. A sala ficou em silêncio. Todos nós olhamos para o escritório ao mesmo tempo.

Tentei evitar que meus pensamentos entrassem em parafuso. Ele não a mataria, não é? Não tentaria castigá-la? Não, não faria isso. Isso era loucura. Papai não faria isso. Papai não faria algo assim. *Não com uma estranha, quando ele tinha a nós.*

Mortimer desabou no sofá, parecendo mais apavorado que bravo. Caspar correu para o lado de mamãe e tentou encontrar conforto confortando-a, mas mesmo ela parecia assustada. Estava sentada com o corpo muito ereto na cadeira de rodas, enquanto ele lhe acariciava o braço e murmurava palavras doces em seu ouvido.

A porta do escritório abriu e papai reapareceu. Amity saiu atrás dele.

— Hannan, você poderia ceder seu assento a esta jovem, por favor? — Papai estava frio como pedra enquanto assumia seu lugar à frente da sala. Hannan saiu do sofá e sentou no chão, comigo e Del. — Sente-se, por favor, Amity.

— Obrigada. — Ela passou sobre mim para chegar ao sofá. Mortimer resmungou quando ela se sentou.

Papai entregou um livro a ela.

— Seu Plano Maravilhoso, capítulo catorze, versículo seis.

— Está na página cento e trinta e seis — Caspar informou. Sua voz adquiriu uma maciez perturbadora quando ele se dirigiu a ela.

— É cento e noventa e três nesse livro — Mortimer retrucou.

Era esquisito ver uma estranha em nossa casa, segurando nosso livro. Os olhos dela brilhavam de curiosidade enquanto virava as páginas finas, à procura do versículo.

— Castella! — papai gritou. Eu me sobressaltei, batendo o ombro no sofá. Olhei em volta, procurando uma resposta. Papai levantou o livro.

— "E Deus, nosso Pai, preparou um lugar para nós cheio de maravilhas sobre maravilhas!" — minha voz vibrou como uma corda desafinada.

Voltamos a nosso ritual, nossa rotina, cada um lendo um versículo. Eu me deixei absorver pelas palavras, na magia calmante que elas criavam. Fechei os olhos e permiti que meus pensamentos flutuassem na visão do paraíso formada pelas palavras de papai.

— O que podemos aprender com isso? — a voz dele ressoou.

Mortimer respondeu, mas, quando falou, usou uma linguagem que papai havia criado quando éramos crianças. Era como uma língua do pê, mas com *-pix* em vez de *-pê*. Nenhum de nós a usava mais, mas Mortimer aproveitou a oportunidade para fazer um comentário irônico sobre a amiguinha de Caspar.

— Fale direito! — Papai bateu na mesa. — Temos uma convidada.

— Deus castiga os maus — Mortimer corrigiu o comentário, lançando um olhar satisfeito para Caspar.

Os lábios de papai se curvaram para cima.

— Gostaria de ler um versículo, Amity?

Mortimer bufou, mas Amity o ignorou, levantou o livro e leu como se nunca tivesse se sentido intimidada um dia sequer na vida.

— "E, quando eles tiverem suportado tudo o que podem aguentar, o fim virá rápido."

Caspar levantou os olhos, e juro que a luz das lâmpadas a gás oscilou. E eu não fui a única que notei. Todos pareceram se mover ao mesmo tempo. Caspar mexeu nas páginas de seu livro e desviou o olhar.

— Continue, por favor, Amity. — A voz de papai vacilou levemente. — Você tem uma ótima voz para leitura.

Ela continuou a ler, e Caspar ousou olhá-la. Ele a observou enquanto ela lia, até que ouvimos o som de um motor de carro se aproximando da casa.

— "E, nesse dia, eles serão fulminados um por um, e consumidos pelas chamas. E quando..."

Houve uma batida à porta. A mão de papai se ergueu.

— Acho que seu pai chegou, Amity.

Ela se levantou devagar. Olhou para Caspar, mas ele manteve a cabeça baixa. Ela devolveu o livro para o papai.

— Obrigada.

A chama crepitou. Ela saiu da sala. A porta da frente se abriu e fechou. Papai olhou para o livro que Amity havia lhe devolvido, virando-o na mão como se pudesse ser falsificado. Então o colocou sobre a mesa e saiu quase correndo em direção à porta.

Caspar fez menção de levantar, mas Morty o forçou a continuar sentado.

— Use a cabeça!

A porta da frente se abriu de um ímpeto e bateu de volta. Os passos dele soaram descendo os degraus da varanda. *Ele não tocaria nela. Ela não lhe pertence. Ele não poderia tocar nela.*

Olhei para a janela, mas tudo o que vi foram estrelas. Tinha medo de chegar mais perto, medo do que poderia ver.

— O que você pensa que está fazendo? — a voz de meu pai ecoou no vazio. — Que história é essa de mandá-la aqui para me espionar?

— Gabriel. — A voz de Michael era calma, até leve. — Por favor. Por que eu faria isso?

— Porque você está tentando me destruir!

— Por que eu iria querer te destruir, Gabriel?

Papai sibilou:

— Porque você serve o demônio.

— Ah, isso não é muito gentil.

— E você nem sabe! Essa é a tragédia, meu caro Michael. O demônio age de maneiras sinistras e insidiosas, e seus escravos não sabem quem são.

— Não fale assim, por favor.

— Você vem à minha casa, *minha casa*, e quer me dizer como eu devo falar? — Houve um som oco quando ele bateu no carro.

— Não aja assim na frente da minha filha.

— Sua *filha*? — papai disse, sobre o ruído do motor. — Ela não é sua filha. Você não tem filhos!

— E você não deveria ter. — Escutei o barulho dos pneus espalhando terra, o motor roncando e o som ficando mais distante à medida que o carro se afastava.

Não foi muito bom o jeito como Michael Endecott falou de nós, como se fôssemos uma maldição. Ou pior: um erro.

Quando papai voltou para dentro, estava suando. Ele lambeu os dentes, depois levou os cabelos para trás com a palma da mão.

— Caspar James Cresswell — disse, e nada mais.

Os olhos de Caspar estavam arregalados e brilhantes, como buracos azuis cavados a fogo no rosto pálido. Naquele momento, ele não teve nada a dizer, nem palavras banais de sabedoria, nem frases frouxamente adaptadas do Evangelho. O que passara pela cabeça dele?

— O que você estava pensando quando trouxe aquela víbora para dentro de casa?

— Ela não é uma víbora. — Resposta errada.

Papai atravessou a sala com rapidez e chutou Caspar com tanta força que ele bateu na cadeira de rodas de mamãe. Caspar se agarrou ao braço da cadeira por um momento, com uma respiração ofegante que fazia seu corpo estremecer, e então seus braços amoleceram e ele desabou no chão.

Antes que eu pudesse ver o que Caspar ia fazer, se perdoaria papai na hora ou se levantaria e lutaria, papai o chutou de novo. Caspar emitiu um som de dor, sufocando um grito. E papai o chutou de novo. E, quando Caspar abriu a boca para falar, jorrou sangue.

— Pare! O senhor vai matá-lo! — Ouvi minha própria voz gritar, mas pareceu tão boba, tão dramática. *Ele não vai matá-lo. Deus não vai deixar.*

Tentei me mover, mas mãos me seguraram. As mãos de Mortimer. Eu me soltei dele.

Papai chutou Caspar outra vez. Sangue espumoso salpicou seus sapatos de couro. *Isso não pode ser real. Isso não pode ser o que Deus quer.*

Papai dobrou a perna e observou o sangue com desdém. Acho que ele esperava que nós não sangrássemos. Esperava que não fôssemos humanos, suas próprias criações belas e perfeitas.

Ele sacudiu o pé.

Olhei para Hannan, o único de nós que, fisicamente, poderia ter detido papai, mas ele não estava nem olhando. Estava lendo o livro de papai, devorando as palavras a uma velocidade alucinante, como se algo naquelas palavras, há tanto tempo secas, pudesse nos resgatar diretamente.

Naquela noite, todos fomos para a cama cedo. Acho que, pela primeira vez, ninguém saiu da cama. Depois que terminou com Caspar, papai foi para fora da casa. Corri para meu irmão imediatamente, mas fui a única. Mamãe se afastou do corpo arquejante dele e, quando Hannan notou que ela estava tendo dificuldade, levantou e empurrou a cadeira de rodas para o quarto.

— Você está bem? — Afastei seus cabelos do rosto, ainda sujo de terra da caverna.

Ele ofegou entre os dentes ensanguentados e então, olhando para o teto como se detectasse padrões místicos ali, sorriu.

— Você é um idiota — disse Mortimer. E subiu a escada para seu quarto sem nem olhar para trás.

Tentei ajudar Caspar a se sentar, mas ele estava mole em minhas mãos.

— Não sei o que me passou pela cabeça, Castley — ele disse com a voz rouca, tossindo com um borrifo de sangue. Limpei sua boca com o tecido de minha saia. Jerusalem e Delvive observavam com expressão nervosa. — O papai tem razão. O papai está certo em me castigar — ele nos assegurou, com os olhos brilhantes. Segurou meu braço e se ergueu, apoiado na parede e em mim.

— Desabotoe a camisa. Preciso ver seu peito. — Cheguei mais perto dele e limpei o sangue de seus lábios. Pensei, estranhamente, que era isso que papai queria. Que todos nós estivéssemos juntos. Que obtivéssemos tudo uns dos outros. *Sem ninguém de fora.*

Ele se atrapalhou com os botões e eu me inclinei para ajudá-lo. Abri até o umbigo e afastei os dois lados da camisa. Seu peito era largo, mas a barriga era funda e as costelas sobressaíam. Lembrei que ele não comia havia dias, portanto aquilo não era de fato um buraco em seu estômago, uma marca que duraria para sempre.

Sua pele parecia mais pálida em contraste com os primeiros sinais de hematomas. Passei os dedos pela extensão de seus ossos, tentando fingir que sabia o que estava fazendo.

— Você acha que quebrou alguma costela? — Um soluço me subiu à garganta.

— Castley. É melhor vocês irem. Vão para cima. — Ele olhou para nós, as três meninas, observando-o com o coração no olhar. — Podem me deixar aqui. Foi minha culpa. Eu mereci.

— Mas você não fez nada de errado. — Uma lágrima se soltou e escorreu pela minha bochecha. — Só estava tentando ajudar a garota.

— Não — disse Caspar, limpando o sangue da boca. — Eu trouxe ela aqui porque quis. Pensei que talvez... — Não sei o que pensou. Que papai a receberia de braços abertos? Que ele não recebia ninguém, mas aceitaria justamente a enteada de Michael Endecott? Era como se tivesse trazido uma Capuleto. — Eu gosto dela. Gosto mesmo dela. — A voz dele baixou. — De um jeito mau. — Meu estômago se contorceu.

Delvive se irritou e ficou em pé. Cruzou os braços e se aproximou dele.

— Você não devia ter feito isso, Caspar. Nunca imaginei que lhe diria isso, mas como você pôde ser tão egoísta? Você está criando problemas para todos nós. Não acha que todos nós gostaríamos de fazer isso? Não acha que todos nós gostaríamos de poder trazer uma menina para casa? — *Menina*. Inclinei a cabeça, surpresa por um instante. — Quer dizer... *menino*. Menino ou menina. — Del enrubesceu. — Deixe ele aí, Castley! Você merece coisa melhor. — Ela se virou e nos deu as costas. Eu teria rido se a situação não fosse tão terrível. Eu merecia coisa melhor do que meu próprio irmão. Eu concordava inteiramente.

Baby J se levantou e estendeu a mão para Caspar, fazendo um gesto com a cabeça na direção da escada.

— Não, é melhor eu ficar aqui embaixo — disse ele. — É melhor eu falar com o papai quando ele voltar. Preciso lhe pedir perdão.

Senti a raiva ferroar meu coração, intensa e aguda. Por que ele estava fazendo isso?

— Caspar, ele podia ter... — Mas me deparei com os olhos inocentes de Jerusalem, e minhas palavras se desfizeram. Não ali, não naquele momento. *Nem nunca*, meu cérebro declarou brutalmente, enquanto eu me levantava.

Papai não perdoou Caspar. Mas também não o castigou. Nem sequer falou com ele. Eu começava a desconfiar que Caspar não era a única preocupação na cabeça de papai. A comida que tínhamos guardado para o Fim dos Dias havia diminuído tanto que já se podia ver a parede dos fundos do depósito. A eletricidade e o aquecimento já tinham sido cortados havia muito, mas, quando fui pegar um copo de água na quinta-feira de manhã, a torneira gorgolejou e não saiu nada. Nós não sabíamos se as torneiras estavam quebradas ou se a água tinha sido cortada, ou se, como papai dissera, Deus estava nos castigando pelos pensamentos pecaminosos de Caspar. Porque foi isso que ele disse: que os sonhos lascivos de Caspar tinham causado uma seca. Eu me perguntei se meu próprio pai teria cortado a água, mas depois me senti mal por ter pensado isso, e depois me senti confusa.

Como eu poderia saber? Como saber o que era real e o que não era? O que era Deus e o que era o homem? Tudo parecia tão atrapalhado. O único lugar em que eu me sentia razoavelmente normal era na aula de teatro, com George Gray. Na sexta-feira, nós nos acomodamos em nosso cantinho habitual, embaixo do bebedouro. Tive de me controlar para não mergulhar nele.

— Ei, posso fazer uma pergunta? — eu disse, esticando as pernas e movendo as botas de um lado para outro. — Se você não pagar a conta de água, ela é cortada? — Ele estava sentado no chão, a meu lado, brincando com o celular.

— Não sei. Acho que não. Acho que é ilegal. Vamos procurar no Google.

— Hum, você quer dizer no computador?

— No meu celular. — E me mostrou seu iPhone. — É como um computador.

— Eu sei disso — falei depressa. — Não sou tão idiota.

— Mas você não tem celular, tem? — Ele me olhou com uma expressão de lamento, segurando o telefone contra o peito.

— Não.

— Nunca teve?

— Não. Mas temos telefone em casa.

— É, eu sei. — Ele coçou o nariz. — A Amity contou.

Juntei as botas, batendo uma na outra.

— Como assim? O que a Amity tem a ver com isso?

— Ela disse que foi na sua casa.

— Que bom pra ela.

— Bom? — Ele cutucou meu tornozelo com o pé.

Eu endireitei o corpo.

— Quem é a Amity, afinal? Como ela pode ser enteada de Michael Endecott se ele nem é casado? Como eu nunca vi essa menina antes?

— Acho que ela é filha de alguma namorada antiga do sr. Endecott.

— Onde está a mãe dela?

— Na cadeia. Parece. — Ele encolheu os ombros. — É por isso que ela veio pra cá. Acho que o sr. Endecott foi bem legal. Ele basicamente adotou a garota.

Atrás do vidro, Tommy e Bobby estavam fumando outra vez. Tommy mascava tabaco ao mesmo tempo, cuspindo-o em uma garrafa de refrigerante vazia.

— Talvez ele devesse só cuidar da própria vida. — Não pude deixar de pensar no que ele tinha dito para meu pai, que ele não devia ter tido filhos. Michael Endecott achava que eu não devia nem existir. — Ei, vamos lá fora pedir um cigarro.

— Você não fuma! — Ele segurou meu braço.

— Fumo, sim. Pelo menos já fumei. Eu sei o que estou fazendo. — Soltei o braço e caminhei para a porta. — Você vem ou não?

Se Tommy e Bobby se surpreenderam quando me aproximei, ficaram nitidamente chocados quando abri a boca e pedi um cigarro. Tommy até se endireitou no banco, o que, acredite, nunca acontecia.

— Claro — disse Bobby, pegando um Parliament.

— Adoro Parliament — falei, nem sei por quê. — Quer um? — perguntei a George.

— Não estou a fim.

Tommy estendeu um isqueiro. A mão dele tremia ligeiramente, mas podia ser a overdose de tabaco. Ele acendeu meu cigarro. E, então, os três ficaram me olhando fumar.

Terminei metade do cigarro antes de alguém voltar a falar.

— Você fica tão descolada fazendo isso. — Era Tommy. Ele parecia impressionado. — É como... uma amish que deu errado. — As pessoas viviam comparando minha família com os amish, o que me fazia pensar que elas não sabiam de fato o que eram os amish.

George Gray manteve a voz baixa.

— Acho que você não devia fumar, não é? — Caramba. Até ele estava com medo do papai.

— Ninguém devia fumar — respondi. — É meio por aí.

Tommy riu. Uma risada grossa.

George segurou meu braço possessivamente.

— Quer voltar lá para dentro?

— Ainda estou fumando. — Levantei o cigarro, que se consumia rapidamente.

— Ei, é verdade que vocês acreditam que são as únicas pessoas que podem ir para o céu? — Bobby perguntou.

Essa talvez fosse uma das coisas mais sagradas de que papai falava: a vida após a morte e como ela seria maravilhosa para nós, e como seria horrível para todos os outros.

— É — respondi. Por que não?

— Acho que nos demos mal — Bobby disse. Eu sabia que ele só tinha falado isso porque estava tentando me cantar. Nós exercíamos um estranho fascínio sobre os garotos mais fora do padrão, nós, as meninas Cresswell. Eu era esperta o bastante para saber que tinha a ver com sexo. Não que eles realmente ligassem para nós e quisessem ter um relacionamento de fato com uma pessoa bizarra.

— É, sei lá — falei. Meu cigarro acabou, mas eu o escondi para que George não notasse. — Então... vocês sabem de alguma festa este fim de semana?

Os olhos de George praticamente saltaram do rosto.

— Você não pode ir a uma festa!

— Por que não?

— Porque você disse que ia sair com a minha turma. — Ele pegou meu cigarro e apagou para mim. — Castley, vamos. Precisamos escolher nossa cena agora.

— Não gosto que me digam o que fazer.

Ele levantou as mãos.

— Certo, tudo bem. Faça o que quiser.

Olhei para Tommy e Bobby, e ambos resolveram me lançar sorrisos maliciosos ao mesmo tempo. Encarei George.

— Tudo bem, eu vou com você.

Fomos até as estantes onde a sra. Fein guardava todos os textos de peças e cenas.

— Quer algo cômico ou dramático? — George perguntou, sentando descontraidamente, com as pernas dobradas.

Eu me sentei sozinha em uma mesa e apoiei o queixo nas mãos.

— Por que você não gosta daqueles caras? Achei que eles fossem populares.

— Eles são populares. E também são estupradores casuais.

Enrolei o cabelo no dedo.

— Como se pode estuprar alguém casualmente?

— Eu não falei que eles estupram alguém casualmente — ele respondeu. E, dessa vez, seu rosto estava sério. — Quis dizer que eles consideram o estupro uma coisa casual.

— Você conhece alguém ou...

— Não conheço ninguém pessoalmente. Mas, sim, eu sei com certeza. Você devia ficar longe de caras como eles.

— A gente só estava conversando.

— Mas você não devia nem... Castley, eu sei que isso pode parecer encheção de saco, mas tem gente que faz coisas muito ruins, você entende?

E não é uma questão de ser só amiga, ou só sair com eles de vez em quando. Eles não devem ser tolerados. Você precisa cortar essas pessoas da sua vida, totalmente. A vida é muito curta, e tem um monte de caras legais com quem você pode passar o tempo. — Era bem evidente que ele se referia a si próprio.

Eu pigarreei.

— Acho que você está enganado.

— Castley, eu sei com certeza...

— Não, eu quis dizer que você está enganado sobre existirem pessoas legais. Não existem pessoas legais. Meu pai... — Respirei fundo. — Meu pai sempre diz que o mundo é um lugar muito frio, e ele tem toda razão. — George franziu a testa, mas ficou quieto. — Eu lembro quando... quando eles nos colocaram em lares de proteção à infância. Você deve ter ouvido falar. Foi então que eu aprendi uma coisa que acho que sempre é verdade. As pessoas não se interessam de fato pelos outros. Não se interessam. É só você ouvir quando elas estão falando, quando estão tentando conversar. — Fiz um gesto mostrando nossos colegas de classe, que tagarelavam em duplas, rindo, ou franzindo a testa, ou fazendo cara de nojo. — Uma pessoa conta uma história sobre si, depois a outra pessoa faz o mesmo, e nenhuma delas se dá conta de que não estão sequer conversando uma com a outra. Estão só falando consigo mesmas em voz alta. Como quando eu chorava à noite e aquela mulher vinha me falar das vezes em que ela sentia medo, ou das vezes em que ficava triste, ou de como sua vida era difícil. Ela não entendia o que eu tinha passado. Não entendia o que eu estava passando. E nem queria saber. Ninguém quer. Exceto a nossa família. A família são as únicas pessoas que escutam. A família são as únicas pessoas que entendem. A família são as únicas pessoas que realmente se interessam.

— Uau. — George Gray se recostou na cadeira. — Nunca ouvi você falar tanto assim. — Meneou a cabeça. — E não posso nem discutir, porque o que você disse não tem absolutamente nada a ver com o que eu estava falando.

NOVE

O que eu dissera a George sobre família era sério, mas, naquele momento preciso, minha família não parecia o lugar mais seguro. Todos nós, irmãos e irmãs, estávamos no pátio naquela tarde tentando organizar os itens para levar à feira de sábado. Mas, em vez de trabalhar juntos, estávamos nos desintegrando.

Delvive vinha tentando arrumar uma penteadeira havia mais de uma hora, mas se perdia continuamente em devaneios. Hannan passava mais tempo fazendo cara feia e resmungando com ela do que trabalhando de fato.

Ele bufou com ar de nojo.

— Del, ninguém vai comprar essa coisa. Está embolorada. Quando o bolor aparece, não vai mais embora. Vai acabar comendo o móvel inteiro.

— Você deve saber, senhor Pé de Atleta — ela revidou.

Hannan murmurou algo terrivelmente semelhante a "não tenho como evitar, morando nesta latrina".

— E eu estou me livrando do bolor. — Del levantou uma espátula sobre a cabeça. — É só a gente remover o bolor que ele acaba.

Ele deixou de lado a chaleira de estanho que deveria recuperar.

— Você não devia se concentrar nos móveis grandes. Eles ocupam muito espaço na caminhonete, e as pessoas não compram. Devia estar procurando coisas pequenas, que as pessoas tenham condições de pagar.

— Não temos coisas pequenas. — Del indicou com um gesto o amontoado de móveis arrebentados, barracas quebradas e cadeiras de escritório comidas por cupins.

— Que tal o seu toca-discos? — disse Hannan. Delvive tinha um no quarto. Só tinha dois discos, Brahms e alaúde medieval, mas o venerava como se fosse Deus.

— É o *meu* toca-discos.

— Você devia vender aquilo.

Ela se levantou, cambaleando.

— Sério? Sério mesmo? Você acha que existe um mercado enorme para toca-discos? Acha mesmo que eu me desfazer dele valeria os dois dólares que alguém poderia pagar? — Ela estava quase chorando. Olhou em volta, à procura de ajuda. Caspar estava do outro lado do pátio, trabalhando com uma intensidade insana. Mortimer ajudava Jerusalem a martelar as partes amassadas de uma banheira de metal.

— Ela tem razão, Hannan — eu me ofereci. — E duvido que alguém fosse querer. Ele está entortado. Além disso, pessoas normais têm iPhone.

Ele olhou para mim, depois arremessou a chaleira para o outro lado do pátio. Ela aterrissou em uma piscina de plástico infantil cheia de bolor. Os outros ergueram a cabeça.

— Isso tudo é uma piada! É tudo perda de tempo!

— Calma, Hannan — Caspar gritou, com sua estúpida animação excessiva.

Hannan fez um gesto com a mão aberta pelo ar, como se estivesse afastando todos nós.

— O papai devia deixar a gente ficar com o dinheiro que ganhasse. Assim, as pessoas talvez fizessem o trabalho direito. — E, com isso, caminhou de volta para casa.

Continuei trabalhando. Estava pintando uma cadeira de verde "desconstruído", na esperança de que ninguém notasse que a madeira começava a lascar.

Delvive fungou.

— Vocês acham mesmo que eu devia vender meu toca-discos? O papai nunca me deixa ficar com os discos bons mesmo. Se for ajudar, eu... — Ela se sentou no chão e chorou.

Fiquei olhando a tinta secar na ponta de meu pincel, depois o larguei na água que tinha pegado na piscininha. Fui até Del e me sentei a seu lado.

— Se quiser ficar com ele, fique. Você tem razão. Não acho que vá fazer diferença.

Olhei para o pátio, para Caspar trabalhando como um escravo, para Mortimer martelando a banheira de metal como um possuído pelo demônio.

Delvive enxugou os olhos com as costas da mão.

— Por que está tudo tão ruim? Não parece justo. Eu olho para as pessoas na escola e penso: *Será que já não chega de ser ruim para a gente?* E só piora.

— Isso também vai passar — eu disse. — Certo? Eles vão para a feira no fim de semana, vão conseguir um montão de dinheiro e tudo vai melhorar de novo.

— Mas quem vai com o papai? Acho que ele não vai querer o Caspar, depois... depois do que aconteceu ontem à noite. E eu não... — Ela parou para soluçar. — Eu não quero ir, porque, se alguma coisa der errado, a culpa vai ser minha.

— Vai ficar tudo bem — respondi, arrumando o cabelo dela. — O papai vai perdoar o Caspar, e eles vão levar a Jerusalem, e ela vai fazer uma de suas pinturas. Sempre funcionou, então não temos nenhum motivo para acreditar que não vá funcionar agora. Só precisamos ter fé. Só isso.

Delvive me olhou com o rosto manchado de lágrimas.

— Eu acho que o papai nunca vai perdoar o Caspar.

— Vou conversar com ele — falei. Acho que ela pensou que eu me referia a papai, mas não era isso. Nem eu era tão corajosa.

🍃

Caspar continuou trabalhando durante o horário do jantar. Não havia comida suficiente, e ele se ofereceu para jejuar. Eu precisava falar com ele, então fiz o mesmo. Ele estava construindo algo com pedaços de madeira quebrada, pernas de cômoda e ripas de encosto de cadeira, e foi só naquela hora, no escuro, que eu percebi que era uma gaiola suficientemente grande para caber uma pessoa encolhida.

— Nossa, está lindo — comentei, quando ele a levantou e a fez girar com a mão.

Seu sorriso parecia uma ferida aberta na escuridão.

— Que bom que você está aqui fora. Preciso perguntar uma coisa. Mas antes quero pedir desculpa.

Eu me sentei em uma velha cadeira de escritório, sentindo-me pouco estável para ficar em pé.

— Não precisa pedir desculpa — falei. — Você não fez nada de errado.

— Fiz, sim. — Ele respirou fundo. — Sempre nos ensinaram que tudo é destino, e às vezes acho que é fácil esquecer que o diabo atua no destino também.

Senti um frio no estômago.

— Como assim? Não estou entendendo. — Eu odiava intensamente quando as pessoas falavam no diabo, em especial depois que escurecia. Era como se eu pudesse sentir seu espírito maligno pressionando as bordas de minha consciência. *Deus e o diabo estão jogando dentro de você.*

— Amity — ele respondeu, a voz alongando as vogais. — Eu estava nos Aposentos de Deus e ela simplesmente apareceu, bem ao pôr do sol, como se fosse algo predeterminado. E eu vinha… Bom, acho que não tem problema te contar que eu fui para lá porque estava tendo pensamentos sujos sobre ela. Eu não queria, só aconteceu. Assim, sem querer, quando eu não estava prestando atenção.

A cadeira rangeu.

Senti uma pontada de ciúme. Não porque Amity era bonita, nem porque era mais bonita que eu (embora ela fosse mesmo), mas porque tinha aquela autoconfiança que eu nunca teria.

— Então, quando ela apareceu, acho que eu pensei… não, eu *desejei* que tivesse uma razão para isso. Desejei que fosse o destino e achei que, se a levasse para casa, talvez, talvez, talvez fosse o que estava destinado a acontecer. Mas eu menti para mim mesmo. Disse a mim mesmo que era o destino quando, na verdade, era só o que eu *queria* que o destino fosse, entende? Eu tentei forçar o destino.

Pela primeira vez, provavelmente como nunca em sua vida, Caspar parecia perdido e confuso. Ele se parecia com o restante de nós: desamparado, talvez até um pouco patético. Fraco. Mas, em vez de censura, tive uma vibrante sensação de anseio, não sei se anseio por ele ou para que ele conseguisse o que queria, em vez de ter que ser sempre só o que Deus queria.

Eu me balancei de um lado para o outro na cadeira, e ela rangeu e guinchou como o feitiço de uma bruxa má.

Caspar ficou mais triste.

— O Mortimer diz que ela é uma agente do demônio, para me levar à tentação.

— Bom, ele deve saber como é isso.

Ele pôs a gaiola no chão.

— Não é que eu não acredite mais, ou que esteja questionando, ou algo do tipo. Eu só... — Respirou de um jeito estranho. — Eu só me sinto *atraído* por ela. E isso é errado.

Respirei fundo, mas o ar desceu doendo.

— Acho que é normal. — Olhei para o alto das árvores e para as estrelas acima; como as estrelas desenhadas nas árvores, foram postas ali para decorar o universo. Para fazer com que ele parecesse um lugar seguro e belo. — Caspar, você às vezes pensa no que o papai diz, que estamos destinados a ficar juntos no paraíso?

— Penso.

Não consegui falar por um momento. Tentei contar até dez, mas os números se misturaram.

— Mas você não acha que isso é errado? Quer dizer, nós somos irmãos.

— Seria errado na terra. Mas as leis celestes são diferentes das terrenas.

— Sim, mas e quanto a... hum... *sexo*?

Caspar franziu a testa, como se essa fosse uma questão séria a considerar.

— Não sei se existe sexo no paraíso.

— Não estou falando do paraíso — corrigi, concentrando-me nas estrelas que pareciam se borrar e fragmentar diante de meus olhos. — Estou falando de agora. O que eu quero dizer é que nenhum de nós nunca vai fazer sexo. Não estou dizendo uns com os outros. Com ninguém. E se vivermos até os cem anos? E quanto ao futuro? Você pensa nisso? Nós vamos simplesmente viver juntos nesta casa para sempre? E quando... bom, o papai vai morrer um dia. Isso acontece. É o que acontece.

Ele ficou em silêncio por um longo tempo. Acho que se chocou com o que eu disse, ou então estava tentando desconsiderar e afastar a realidade, como todos nós fazíamos o tempo todo. Por fim, ele disse:

— Acho que não precisamos nos preocupar com isso. Não acho que a nossa vida vai ser como a das outras pessoas.

Ele estava certo. Como a nossa vida poderia ser igual? Não havia começado igual e não podia terminar igual. Nós éramos os Cresswell. Não éramos como as outras pessoas e nunca seríamos.

— Nunca?

— Acho que não. — E então ele me abraçou depressa, mas não me soltou em seguida. Nós dois olhamos para as mesmas estrelas. — Castley? Eu preciso que você faça algo por mim. Por nós.

— Tudo bem.

Ele se afastou e me segurou a sua frente.

— Eu quero que você vá com o papai no fim de semana.

Meu coração deu um salto. Eu não queria ir com papai à feira. Não queria essa responsabilidade. Não queria ficar lá sentada, com as pessoas olhando.

— Mas e se ele quiser você?

— Ele não... ele não vai me querer. Castley, o papai está extremamente bravo comigo. Acho que isso não vai mudar logo. Você vai no meu lugar?

Eu queria dizer que não podia. Que era impossível. Que eu não conseguia sorrir para estranhos, que não sabia vender nem a mim mesma, nem qualquer outra coisa. Mas Caspar tinha me pedido, então eu concordei.

No dia seguinte, quando sentei em meu lugar na aula de teatro, não conseguia parar de pensar na feira. Eu tinha me oferecido depois da leitura das escrituras, na noite anterior. Torci para papai dizer não, mas ele concordou de imediato. E agora eu sentia todo o meu corpo tenso.

Eu me curvei para a frente na carteira, os dedos apertando as bordas.

— Você está bem? — George Gray sentou a meu lado, com a mesma expressão idiota e satisfeita de sempre no rosto. — Ei, eu e meus amigos vamos até Huxley amanhã, comprar coisas para a festa de boas-vindas. Acho que a Amity também vai.

— E o que me importa que a Amity vai?

— É que ela, tipo, não está com o seu irmão ou algo assim?

Eu me endireitei na cadeira.

— Por que você diz isso?

— Porque eu vejo os dois juntos o tempo todo.

— Como assim? Quando?

— Ah, sei lá, hoje de manhã. Eu achei que eles estavam meio que namorando.

— Eu não sabia disso. — Não podia acreditar que Caspar continuava saindo com ela, depois de tudo o que tinha acontecido, depois de tudo o que ele tinha dito. Depois que ele acabara de me dizer, no dia anterior, que aquilo era errado.

— E aí, quer vir com a gente?

— Não.

Ele franziu a testa, mas até mesmo seu rosto franzido parecia feliz.

— Eu achei que você tinha dito que queria sair com a gente.

— Eu não disse isso. Não disse que *queria* sair com vocês. De qualquer modo, eu não posso.

— Por que não? Não tem permissão? — Eu odiava como ele parecia achar divertidas todas as coisas que eu não tinha permissão para fazer. Como se tudo fosse uma grande piada.

— Tenho que ir à feira com meu pai.

— Que feira?

— Fall Fling ou algo parecido. Não sei bem. É alguma dessas feiras idiotas onde a gente vende coisas.

— O que vocês vendem? — Ele deslizou mais para a frente na cadeira.

Eu tinha certeza de que ele achava que seria alguma coisa bonita e artesanal que nós, Cresswell, produzíamos. Como se fôssemos vender almofadas bordadas ou placas personalizadas para portas, e não mobília quebrada e aparelhos velhos que papai recolhia em quintais e depósitos de lixo.

Na noite anterior, meu pai voltou com galões cheios de água e regras muito rígidas sobre quando e como deveríamos usá-los. De manhã, Caspar tinha feito um acordo com a srta. Syrup, sua professora de culinária, para que pudéssemos chegar mais cedo à escola e comer as sobras. Era humilhante, mas estávamos todos tão famintos que nenhum de nós se importou.

— Qualquer coisa — respondi. — Vendemos tudo que o meu pai encontra nas margens da estrada. — Eu quase disse a ele que estávamos falidos. Quase contei sobre a água e a srta. Syrup.

— Isso é legal. — Não sei como ele chegara a essa conclusão.

Deixei minha mente vagar para longe dele e daquela sala. Podia ver a gaiola de Caspar girando no escuro.

— Ei! Encontrei uma cena para a gente — ele disse. Lancei-lhe um olhar irritado. *Obrigada por me deixar escolher, colega.* Acho que todos sabiam, automaticamente, que eu não tinha escolha em nada. — Não me olhe assim. Eu escolhi pensando em você. — Enfiou a mão na mochila nova e limpa e tirou um livrinho amassado. — *Casa de bonecas*. Me fez lembrar de você.

Ele colocou o livro sobre a minha carteira, e eu o virei e li a quarta capa. Era sobre um marido que subestimava a esposa.

— Por que fez você lembrar de mim?

— Porque você parece uma boneca.

☙

Eu não ia à feira desde pequena. Quando éramos menores, papai levava quantos de nós ele podia. Costumávamos atrair a atenção das pessoas, porque nos vestíamos com pequenos gorros com aba e jardineiras como as de peregrinos. Era bonitinho em crianças. Em adolescentes na puberdade, apenas constrangedor.

Todos acordamos às três horas na manhã seguinte para carregar a caminhonete. Jerusalem subiu no bagageiro com a gaiola e alguns utensílios de cozinha gastos, e eu me sentei na frente, ao lado de papai. Os olhos dele estavam baços, pareciam quase embolorados enquanto seguíamos pela semiescuridão em direção à feira.

Papai tinha arrancado o rádio da caminhonete em um acesso de fúria. Disse que qualquer tipo de transmissão — através de rádios, tevês, telefones celulares — poderia ser manipulado pelo espírito do demônio, por isso não era possível saber se estávamos ouvindo pessoas reais ou se o demônio havia se introduzido em um locutor.

Mas, ao passarmos por Huxley e continuarmos em direção a Grousman, eu me perguntei se o demônio precisaria mesmo de um rádio. Havia um espírito ruim no carro, como havia na casa. Papai afirmava que ele era um canal condutor para espíritos e visões, bons e maus. Dizia que isso era uma bênção, mas, naquele momento, eu desejei que ele não fosse tão abençoado.

Baby J não podia ajudar. Ela não dizia nada, só ficava sentada no banco de trás e olhava pela janela. Eu não sabia como poderíamos vender qualquer coisa com papai ocupado por um espírito mau, Baby J muda e eu tentando engolir meu crescente desencanto.

Enquanto o carro seguia, avançando mais e mais pelos bosques, eu me sentia como se fôssemos uma maldição, toda a minha família. Como se fôssemos uma mancha e uma maldição sobre a terra.

✿

Enquanto ajudava papai a montar a barraca, eu tentava pensar: *O que Caspar faria?* Mas era muito mais difícil ser como Caspar do que ele fazia parecer. Tentei sorrir, mas o sorriso não ficava na boca. Tentei parecer bonita, porque achei que isso poderia chamar as pessoas, mas as estampas delicadas do meu vestido não eram exatamente um grande atrativo no século XXI.

Jerusalem estava sentada na grama pintando, mas, naquele dia, seu pincel parecia desanimado e as cores eram escuras; pelo que eu podia ver, ela pintava um buraco negro.

Papai era o pior. Ele só ficou sentado no banco da caminhonete, com os cabelos desalinhados e os lábios curvados para cima. Era quase como se quisesse que nós fracassássemos.

Um grupo de universitários se aproximou. Dei um passo à frente, com os braços cruzados e apertados na frente do corpo.

— Bom dia — praticamente sussurrei.

Eles se entreolharam e riram baixinho. Um deles recuou um passo e examinou nossos artigos, como se os estivesse avaliando.

— Por acaso você saqueou um depósito de lixo?

Os outros riram, mas eu nem me importei e, de alguma forma, isso pareceu piorar a situação.

— Temos bons preços. — Ouvi minhas próprias palavras ecoando e queria me chutar por isso. Eu parecia desesperada. Parecia patética.

— Aposto que sim — um deles disse, com um sorriso gozador. Olhei para meu pai, mas tudo o que pude ver foi a parte de trás de sua cabeça dentro da caminhonete. Estremeci.

Eles permaneceram ali à toa, esperando que eu dissesse algo para poderem me insultar outra vez, e eu os odiei; pela primeira vez, senti que odiava alguém mais do que a mim mesma.

— Querem saber? — falei. — Vão se foder. Vocês todos são um bando de merdas. — Baby J levantou a cabeça, com os olhos arregalados. — Acham mesmo que eu ligo para o que vocês pensam? Se não querem comprar nada, vão pra puta que pariu.

O líder do grupo ergueu as mãos.

— Caramba, que nervosinha. Só estamos brincando. Vá tomar seu calmante.

— Que doida — um outro murmurou.

— Vão à merda. Não precisamos da porra do seu dinheiro.

— Doida.

— Vaca.

Eles descarregaram o restante dos insultos e foram embora. Meus dedos tremiam. Pressionei-os nas costelas. Olhei de novo para a cabeça de meu pai. Ele estava imóvel: ou dormindo, ou em um de seus transes. Baby J continuou pintando.

Suspirei e senti o ar descer por mim como se eu estivesse cedendo. Deitei na grama, ao lado de Jerusalem.

— O que você está pintando?

Ela olhou para mim e piscou.

— Sabe, a sra. Tulle me parou outro dia para falar das suas pinturas. — Estiquei o braço e arranquei um dente-de-leão pela raiz. Eu não costumava ser tão desnecessariamente cruel com coisas vivas, mas estava brava. Sentia uma raiva que não achava que pudesse engolir. — Ela disse que você escondeu os desenhos porque não queria que ela mostrasse para ninguém.

Baby J voltou a pintar, ignorando minha presença deliberadamente.

— Você não acha que as pessoas podem querer ver suas pinturas? — tentei de novo. — Não acha que merecem ser mostradas?

Ela não disse nada. Só continuou pintando, pintando imagens para ficarem escondidas, empilhadas no fundo do nosso quarto.

Eu me forcei a levantar. De que adiantava? Queria chorar, mas sabia que, se o fizesse, ninguém se importaria. Nem papai, nem Jerusalem, nem todos os estranhos que achavam que não éramos nada, porque era isso que dizíamos.

⚘

O dia não ficou nem um pouco melhor. Papai não saiu da caminhonete. Baby J terminou a pintura e passou o restante do tempo olhando para o nada, e todos os compradores pareciam fazer uma curva ampla para nos evitar. Eu sabia que era em parte culpa minha, mas não podia fazer nada. Eu os odiava, odiava todos eles, não conseguia esconder, e todos sentiam. Todos sabiam. Não sei o que passou pela cabeça de Caspar quando me pediu para vir em seu lugar. Eu me sentia culpada por decepcioná-lo, e isso só piorava tudo.

Era como se algo tivesse se quebrado dentro de mim. E o pior: eu tinha certeza de que já estava quebrado fazia tempo. Quando você está suspenso por um fio, só percebe quando o fio começa a se partir.

Vendemos apenas a gaiola de Caspar, que era a única coisa que eu queria guardar. Engraçado como o destino trabalhava, às vezes, como uma pegadinha. Como se tudo o que você quisesse não conseguisse obter, e tudo o que não quisesse viesse em profusão.

Naquela noite, ao voltarmos para casa, o espírito mau parecia mais forte, e eu tinha certeza de que estava em mim também.

Papai pigarreou enquanto serpenteávamos entre as árvores.

— No passado, Deus sempre nos proveu. De maneira precisa, exatamente o que precisávamos, Deus nos deu. E agora não está dando. O que você acha que isso significa?

Suspirei.

— Que ele está nos testando?

Papai balançou a cabeça. *Tente de novo.*

— Que ele está nos castigando?

— Não. — Ele assumiu um tom didático, como se fosse algo muito simples. — Se Deus provê para nos manter vivos e, de repente, para de prover, o que isso significa?

Meus ombros enrijeceram. Olhei para Jerusalem, mas ela estava voltada para a janela, com olhos famintos e vazios.

🍃

Quando chegamos em casa, papai nem se importou em descarregar o carro. Caspar nos encontrou na varanda. Seus olhos passaram rapidamente pela caminhonete.

— Caspar — papai disse —, quero que você reúna todos na sala de estar. Tenho algo para lhes dizer. Estive guardando isso para mim porque esperava que talvez estivesse errado. Mas agora vejo que precisa ser compartilhado, para romper esta pústula que nossa vida se tornou. Para nos libertar, finalmente.

Os olhos de Caspar passaram pelos meus antes de ele voltar para dentro de casa. Ele sentia também. Algo estava prestes a acontecer. Finalmente.

DEZ

Apesar de tudo, uma esperança estranha nos acompanhou até a sala de estar naquela noite. Algo precisava mudar, e Deus reconhecia isso, e papai reconhecia isso, e um deles nos proveria.

Nós seis nos sentamos muito próximos, espremidos, aos pés de nosso pai. Mamãe se manteve em silêncio no canto. Todos queríamos escapar. E um deles cuidaria de nós.

— Tive uma visão — papai começou, esfregando a mão na capa de um dos livros empilhados em formato de pirâmide sobre a mesa de canto. — Foi algum tempo atrás, mas tive medo de compartilhá-la. Tive medo porque o que vi me aterrorizou. Eu esperava que não fosse de Deus, mas vejo agora que ele está nos punindo. Deus está punindo todos nós por temer sua visão. Por temer sua sabedoria.

Meus olhos encontraram os de Caspar, e me lembrei do sonho. Será que eu havia tido a mesma visão?

Papai esfregou as mãos uma vez, e então seus ombros se curvaram e ele falou, com um suspiro que parecia vir do fim do mundo:

— Já nos demoramos nesta terra por tempo demais — disse mansamente. — E logo Deus vai nos chamar para casa.

Todos os olhos se arregalaram, mas nenhuma respiração falhou. Nenhum sopro de contestação se ouviu. Meu coração deu um salto no peito, depois começou a bater com força, como um relógio em contagem regressiva.

O que isso significa? Logo Deus vai nos chamar para casa...

<hr />

Não consegui dormir naquela noite; mal conseguia pensar. Assim que pude me controlar o suficiente para andar, saí da cama, desci as escadas e entrei no bosque. Eu não estava sozinha. Caspar, Hannan e Mortimer já se reuniam lá. Eu os encontrei em uma clareira que havíamos decorado, quando crianças, com um buraco de fogueira e pedras dispostas em círculo.

— Onde estão a Del e a Baby J? — Caspar perguntou. Ele tinha as mãos apertadas com força na frente do corpo, como se estivesse segurando uma arma invisível.

— Acho que estão dormindo. Não sei. Acho que estão com medo.

— Estamos aqui. — Del apareceu atrás de mim e conduziu Baby J para o círculo.

Mortimer fumava avidamente, mas ninguém comentou. Ninguém falou nada.

— Vocês acham... — Minha voz falhou. Lambi os lábios para sentir o gosto do restante das palavras.

— E o seu sonho? — Caspar perguntou. Tive vontade de chutá-lo. — E o fogo?

Eu o fuzilei com os olhos.

— Foi só um sonho, Caspar.

— Talvez não — Del soltou de repente, de um jeito estranho. — Você devia nos contar. Quem sabe pode nos ajudar a entender o que está acontecendo.

— Foi só um sonho.

— Conte logo — Hannan ordenou. Todos olhavam fixamente para mim, todos os cinco, como se tudo aquilo fosse, de alguma forma, minha culpa.

— Tudo bem, mas foi... — Parei e respirei fundo. — Eu sonhei que estávamos na festa de boas-vindas. Era o jogo de boas-vindas, e estávamos todos em pé na traseira da caminhonete do papai, e apareceu um fogo e... é isso.

— Boas-vindas — Hannan repetiu, como se fosse uma pista.

— Mas foi só um sonho. Eu acho que... — Eu quase disse que tinha mais a ver com meu medo crescente de papai do que com algum mau presságio, mas olhei para eles no círculo e soube que não conseguiria. Eles acreditavam. Todos eles ainda acreditavam. E talvez eu também.

— Caspar, o que você acha? — perguntou Hannan. Caspar era a quem todos nós recorríamos, mas dessa vez eu estava apavorada com o que ele poderia dizer. Pensei no que George Gray havia dito sobre ele ainda estar saindo com Amity. Talvez Caspar não fosse perfeito. Talvez não tivesse todas as respostas.

— Se Deus realmente tem um plano para nós, tudo o que podemos fazer é nos entregar a sua misericórdia.

— Mas como podemos saber se se trata de Deus? — explodi. Uma vez mais, todos os olhos estavam sobre mim. Uma vez mais, senti que eles não confiavam em mim. Uma vez mais, eu me perguntei se eu mesma poderia confiar.

— Vamos perguntar a ele — disse Caspar. — Vamos todos rezar.

Um murmúrio de aprovação passou pelo grupo, e todos se moveram para a frente ao mesmo tempo, a fim de se ajoelhar. Eu os acompanhei, sem pensar, e segurei a mão de Caspar.

— Querido Deus, nós te pedimos para nos dar forças, qualquer que seja teu plano para nós — ele começou, o que não era de fato o mesmo que perguntar a Deus se ele queria que nós morrêssemos.

Houve uma terrível serenidade em casa durante todo o domingo. Todos foram mais gentis uns com os outros, como se esperássemos desaparecer a qualquer momento. Mortimer contou a papai sobre meu sonho, o que pareceu agradá-lo, sem mais consequências. Caspar quase não saiu do meu lado. Acho que ele pensou que era melhor começarmos a ficar mais juntos, já que nos casaríamos no céu.

Tudo o que eu queria era ficar sozinha. Não conseguia parar de pensar em George Gray, Amity e Lisa Perez indo fazer compras em Huxley para os eventos de boas-vindas. Que sorte eles tinham de não ser felizardos, ou abençoados, ou excepcionais. De ser apenas como todo mundo.

Fomos para o lago à tarde, todos os seis irmãos Cresswell, e nadamos, e brincamos, e nos encharcamos de vida. Depois Caspar e eu desabamos em uma das margens e ficamos olhando para o céu, como se pudéssemos ver as estrelas através do brilho do sol.

— É engraçado, não é? — disse ele, contraindo o peito para recuperar o fôlego. — Como o mundo fica lindo quando a gente pensa que talvez tenha que deixá-lo...

Eu não quero deixá-lo. Senti como que um tremor dentro do peito.

— É — falei. — No fim, o mundo não é tão ruim assim.

Ele segurou minha mão e senti o mesmo arrepio que sentia quando qualquer pessoa me tocava, porque eu não era tocada com frequência.

— Fico contente por ter você, Castley.

— Fico contente por ter você também. — Ele apertou mais minha mão, com tanta força que imaginei se ele estaria em queda livre em algum lugar de sua mente.

Observei meus irmãos e irmãs nadando no lago, com o céu superposto, desfocado, sobre a água.

🍃

A segunda-feira foi incomumente quente para a estação, então George Gray e eu saímos ao ar livre para ensaiar as falas. Eu estava com um humor estranho. Quer dizer, estava de bom humor, e achei isso estranho. A vida havia adquirido uma qualidade irreal peculiar, que estava me fazendo agir como nunca antes. Subi em um muro de tijolos no fim do pátio, para ter uma visão estratosférica dos canos de esgoto abaixo.

George subiu atrás de mim.

— Você vai participar dos testes para *Macbeth*?

— Não sei. A sra. Fein praticamente ofereceu o papel das três bruxas para mim e minhas irmãs, mas a Jerusalem não fala, então...

— Ah. Mas eu acho que você devia participar. Você é uma ótima atriz.

— Você quase nem me viu atuar.

Ele inclinou a cabeça, com o olhar estranhamente sério.

— Você está atuando o tempo todo.

Meu equilíbrio vacilou, e eu me apoiei em seu ombro. Ele pegou minha mão, imagino que para me estabilizar, mas depois continuou a apertá-la, embora estivesse segurando minha mão esquerda com sua mão esquerda e isso ficasse um tanto desajeitado.

— Você gosta de estar vivo? — Deslizei para mais perto dele, quase sem querer.

— Que pergunta estranha.

— Assim, de modo geral. O que você acha?

Ele me deu um sorriso de canto de boca.

— De modo geral? Ah, eu gosto. Quer dizer, é tudo o que a gente tem, né?

— Humm... e quanto ao paraíso?

— Ninguém nem sabe se o paraíso existe. — Ele encolheu os ombros, batendo os calcanhares no muro de pedra.

— E se você soubesse com certeza que existe? E se soubesse com certeza que é melhor que aqui?

— Não sei. Acho que mesmo assim ia querer ficar aqui pelo maior tempo que pudesse.

— Mas por quê?

— Porque sim. Eu estou aqui agora. E gosto de estar. — Ele apertou minha mão. — Sabe, eu acho mesmo que você ia gostar de sair comigo e com os meus amigos. Acho de verdade. Eu acho que você... quer dizer, eu sei que vocês têm suas regras estranhas e tal... mas você devia ver mais do mundo, na minha opinião. Sei lá, você não tem vontade de escolher sua própria vida?

Funguei.

— Não se pode escolher a própria vida. A gente nasce nela. A vida escolhe a gente.

— Não depois que a gente cresce. Você tem quase dezessete anos, certo? Já é praticamente adulta. Depois que fizer dezoito, vai poder fazer o que quiser.

Eu quase respondi que talvez nunca fizesse dezoito, mas fiquei quieta.

Não é muito conveniente que o sonho do papai tenha acontecido agora, antes de eu ter a chance de ir embora? Expulsei o pensamento da cabeça. Era horrível, horrível demais. Era um pensamento mau, perverso. *Você teve a mesma visão.*

❦

Riva e Lisa estavam em minha turma de matemática, o que era tão terrível quanto parecia. Mas, naquele dia, as provocações delas não me incomodaram. Na verdade, quando Riva disse: "Como você faz para o seu cabelo ficar desse jeito?", eu só sorri com ar distante. *Já nos demoramos nesta terra por tempo demais. Tchau, Riva.*

— Eu adoro o jeito como vocês arrumam o cabelo — disse Lisa, chegando mais perto de mim. — Ei, Castley. Nós vamos fazer uma fogueira hoje à noite. Não quer vir também? Leve o seu irmão.

Por mais triste que seja dizer isso, foi praticamente a primeira vez que alguém fora de minha família me convidou para alguma coisa. E, mesmo sabendo que ela estava me usando para se aproximar de Mortimer, senti como se estivesse me abrindo e percebi que queria muito ir.

— Qual irmão? — Riva perguntou. — O Caspar é o único bonito, mas é tão nerd, Deus me livre!

— O Mortimer — Lisa suspirou.

— Credo, o Mortimer... Você está falando sério? — Riva virou para mim. — O Mortimer é albino? Porque eu não tenho ideia de como é um albino.

— Sei lá que porra é isso.

Riva sorriu, mesmo sem querer.

— Você falou palavrão? Ah, meu Deus, foi tão engraçado! Vai ser muito top colocar no meu status que eu ouvi uma Cresswell falar palavrão. As pessoas vão morrer!

Lisa se inclinou para mais perto de mim.

— Mas vocês deviam mesmo vir. É hoje à noite. Venham. Aproveitem a vida, sei lá.

Embora eu sempre tenha dito a mim mesma que odiava Riva e as outras, não pude rejeitá-las estando assim tão próxima delas. Tentei dizer a mim mesma que isso era parte do plano de Deus. *Às vezes você precisa lembrar a si mesma que aquilo que você acha que está perdendo não é de fato tão bom.*

E o que importava? Logo tudo estaria acabado mesmo, pensei com um calafrio. Eu queria ir. Queria ver como era a vida para as pessoas normais, para as pessoas reais. Eu queria ir. Porque sim.

— Tudo bem — respondi, antes que ela mudasse de ideia. — É só me falar onde é.

✦

Quando eu descobri onde era, percebi que deveria mudar de ideia depressa. Mas me sentia agitada, sem rumo e carente. Alcancei Mortimer no caminho para casa. Ele não pareceu muito feliz com a sugestão.

Mortimer vinha agindo de um jeito estranho desde a história do fogo. Eu sabia que ele estava bravo com Caspar por andar com a enteada de Michael Endecott. Mortimer odiava Michael, talvez mais que qualquer um de nós, por levá-lo para o hospital, por forçar nossa família a se separar. Eu nunca tinha pensado muito em como ele deve ter se sentido, preso no hospital, sozinho, com dor. O jeito como talvez tenham lhe perguntado: *O que aconteceu? O que aconteceu?* Quando ele sabia que o futuro de todos nós, da nossa *família*, estava em jogo com a resposta.

— Oi — eu disse com cuidado, acompanhando seu passo quando ele começou a andar mais depressa. — Faz tempo que a gente não sai juntos. Que tal uma fogueira hoje? — *Merda.* Eu não podia acreditar que o estava convidando para um *fogo*.

Ele torceu os lábios.

— Que fogueira?

— Não sei. — Tentei manter a voz indiferente. — Tem mais de uma?

— Quem te convidou? — Ele me olhou como se já soubesse a resposta.

Respirei fundo.

— A Lisa. A Lisa me perguntou se a gente queria ir a uma fogueira.

— Ela convidou você ou "a gente"?

— Ela me convidou... E pediu para te chamar.

— Que surpresa. Por que você não diz para a Lisa que eu prefiro um beliscão no saco?

— Acho que não.

Ele deu um sorriso rápido, um fogo-fátuo, e sua expressão voltou a ficar amarga.

— Você sabe que ela está te usando, né?

— Sei — respondi, apertando os dentes.

— Você sabe que ela não se importa com a gente. Sabe que nenhum deles se importa. Ela é uma vampira, uma sanguessuga. Sabia que ela tem um livro sobre a gente? Tipo um diarinho, onde ela anota todas as regras, todas as coisas que as pessoas dizem, como se fôssemos algo para manter dentro de uma redoma de vidro. — Ele parou para avaliar minha reação. — Foi assim que a Amity soube onde encontrar o Caspar. A Lisa disse para ela aonde ir se quisesse foder com um Cresswell.

Eu o deixei terminar.

— Por que você está falando assim? O que aconteceu?

Os olhos dele brilharam com uma luz leitosa.

— Nada aconteceu. Esse é o problema. Alguma coisa devia acontecer, mas nada nunca acontece.

✿

Saí da cama às nove horas da noite e corri pelo bosque como se estivesse atrás de minha própria alma. Eu queria tudo agora. Queria que a vida acontecesse *agora*, e depressa, antes que eu a perdesse. Teria feito qualquer coisa para parar de pensar no tique-taque do relógio.

Fui para a casa de Lisa primeiro, porque ainda era cedo para a fogueira. Ela morava em um trailer nas terras de Emily Higgins. Eu sabia onde era porque Caspar e eu já tínhamos removido neve ali uma vez.

— Você veio — disse Lisa, abrindo a porta. — Cadê o Mortimer?

— Talvez ele venha mais tarde — menti.

— Tá, legal. — Ela sorriu, afastando-se para me deixar entrar. — Que bom que você veio. — Tentei não pensar no livro, não procurá-lo. E daí se ela tivesse um diário? Eu também já tinha tido um. Provavelmente era algo que ela fazia só por distração. Não significava o que Mortimer estava pensando. Não significava que nós éramos bizarros.

Lisa me conduziu pelo trailer. Seu quarto ficava nos fundos, com uma chamativa televisão cor-de-rosa. Emily estava se arrumando ao som de videoclipes.

Ela deu um pulo quando me viu.

— Caramba, Del! O que você está fazendo aqui? — Parecia irritada.

— Eu não sou a Delvive, sou a Castley.

— Ah. — Ela pressionou a mão contra o peito, como se estivesse empurrando o coração de volta para o lugar. — Meu Deus, você me deu um puta susto.

— Desculpe. Você e a Del são parceiras no teatro, não é?

Ela fez uma careta.

— É, somos.

— Você não gosta dela?

— Castley, eu sou cristã.

— Não. Desculpe. Eu só quis dizer... É que você pareceu muito surpresa quando me viu. Achei que talvez não se desse muito bem com ela, só isso. — Senti o rosto corar.

— A gente se dá bem — ela retrucou.

Minha experiência é que não estava indo bem. Aonde quer que eu fosse, não conseguia escapar da minha família. Tentei me concentrar na tela da tevê.

— Quer que eu desligue? — Lisa perguntou.

Uma garota praticamente nua estava girando ao ritmo de uma música pop, mas eu balancei a cabeça.

— Não. — Eu não sabia se devia contar a elas meu plano rebelde de viver aquela noite toda como uma menina normal. — Não, pode deixar. Mas posso pedir um favor? Será que você podia me emprestar uma roupa, só esta noite? — Tentei engolir a estranha pontada de culpa. *Faça e pronto. Apenas finja ser outra pessoa. Por favor.*

— Ah, claro, imagina! Vai ser demais! Podemos fazer uma maquiagem. E tirar algumas fotos, do tipo "antes e depois". Né, Emily?

— Acho que sim. — Emily parecia pouco animada. Eu me perguntei se ela teria preferido Delvive.

— Eu não quero fotos.

— Ah, meu Deus. — Lisa tocou o coração. — Você acredita que elas vão arrancar sua alma?

— Não quero falar sobre o que eu acredito.

Lisa franziu a testa, como se estivesse tentando pensar no que fazer comigo.

— Tudo bem... Vamos falar de roupas. O que você quer vestir?

Soltei um suspiro de alívio.

— Hum... — Eu queria estar perfeita. Queria vestir algo perfeito. A roupa dos sonhos, a vida dos sonhos. Eu queria tudo, apenas por uma noite. — Você tem shorts jeans? — Eu era obcecada por shorts jeans desde criança. Shorts jeans desfiados e uma camiseta justa. Eu ficaria com minhas botas.

— Claro, tenho tipo uns dez. — Ela foi até a cômoda e jogou as peças na cama, ao lado de Emily. — Pode escolher o que quiser.

Peguei o mais curto e desbotado. Queria me trocar em particular, mas tinha passado pelo banheiro no caminho e sabia que era muito pequeno. Então tirei a longa roupa de baixo em um canto, tentando amassá-la em uma bola antes que alguém visse. O que, claro, era impossível, com as duas me olhando atentamente.

— Quer que eu te empreste alguma lingerie? — Lisa perguntou. — Eu não me importo, sério. Minhas roupas são lavadas.

Sussurrei um "sim", e ela me trouxe calcinha e sutiã.

— Pode ficar com eles — disse, em pé, tão perto que eu sentia o cheiro de seu hálito doce.

— Obrigada — respondi baixinho.

Ela apenas sorriu.

— Posso desfazer sua trança? Aposto que você tem um cabelo lindo.

— Concordei com um gesto de cabeça. Lisa esperou que eu vestisse a lingerie e o shorts, o que foi fácil de fazer, por baixo de meu vestido enorme.

Eu ainda tinha a fotografia de meu pai adolescente no bolso. Tinha medo que meus irmãos e irmãs a encontrassem e me fizessem rasgá-la, por isso a transferia de um vestido para outro todas as manhãs. Tive o cuidado de escondê-la no bolso de trás do shorts de Lisa.

Tirei o vestido e fiquei ali parada, de shorts desfiados e sutiã. Tentei não olhar com muito espanto para meu reflexo na janela. Nunca tinha me visto tão nua. Não tínhamos espelhos em casa. Papai dizia que isso conduzia à vaidade, e senti um certo encantamento quando levantei a mão, dentro do espelho, e toquei a ponta dos meus cabelos presos.

— Senta aqui do meu lado — Lisa instruiu. Vesti uma camiseta, me sentei na frente dela, na cama, do mesmo jeito que fazia com Del e Baby J todas as manhãs, e deixei que ela destrançasse meus cabelos.

Emily se ofereceu para fazer a maquiagem.

— Prometo deixar natural. Você já tem traços tão bonitos.

E tudo o que eu conseguia pensar, o tempo todo, era: *É assim que é ser uma garota normal, é assim que é ser uma garota normal.* Eu pensava nisso com tanta força e tão rápido que não cheguei a realmente curtir o momento.

ONZE

Quando elas terminaram, eu não estava só tentando ser uma garota normal dentro da minha cabeça; eu era uma por fora também. Não dá para dizer que fiquei bonita, porque eu não era bonita, mas estava chamando atenção. A maior parte disso se devia aos meus cabelos, que desciam até abaixo da cintura e eram grossos, cacheados e quase prata. Eu parecia tão frágil sem todo aquele tecido para me esconder que meus cabelos pareciam mais vivos do que eu.

— Você está linda — disse Lisa. — Acho que você podia conseguir, sei lá, uns trezentos dólares se vendesse esse cabelo.

Pensei imediatamente em minha família, desesperada por dinheiro, e meu estômago se crispou como uma folha de alumínio.

— Ei, será que vocês podem me fazer um favor? Podem não falar para ninguém que eu sou uma Cresswell?

Elas se entreolharam.

— Olha... desculpa, mas eles são da nossa escola. Vão saber que você é uma Cresswell.

Eu não concordava com ela. A julgar por minha experiência, as pessoas não olhavam com muita atenção umas para as outras. Especialmente para nós, os irmãos Cresswell, que parecíamos nos misturar com o pano de fundo na vida de todos os outros. Na verdade, acho que George Gray era o único garoto na escola (dos que não eram meus parentes) que sabia meu primeiro nome.

— Tudo bem. Quer dizer, tudo bem se eles souberem, mas não contem.

Lisa encolheu os ombros e sorriu, como se achasse que aquilo poderia ser divertido.

— E como a gente vai te chamar?

— Podem me chamar de Castley mesmo.

— Por que isso? — Emily Higgins indagou, apoiando o queixo na mão. — Por que você não quer que ninguém saiba que você é uma Cresswell?

— Eu só quero ser outra pessoa.

— Está brincando? — Lisa cruzou as mãos sobre o coração. — Eu morreria para ser uma Cresswell.

🍃

Seguimos até a fogueira na caminhonete de Emily Higgins. Eu conhecia o caminho pelo bosque, sabia de cor, mas de carro era diferente.

— Alguma de vocês fuma? — perguntei. Achei que era melhor já entrar na personagem, e minha personagem fumava. Minha personagem não sabia a diferença entre regras boas e regras ruins, então quebrava todas elas com igual esplendor.

— Não, mas alguém lá vai ter cigarro — Emily respondeu.

— E maconha. — Lisa virou para trás no banco. — Você devia vestir uma jaqueta, sabia? Vai ter fogueira, mas está superfrio lá fora.

— Não, eu não quero pôr uma jaqueta — reafirmei. Não combinava com o plano. Para que aquilo funcionasse, eu precisava me ver, me expor, exatamente do jeito que eu queria ser. Eu ansiava pela imagem de uma noite que ficasse comigo para sempre, e uma jaqueta arruinaria o quadro.

Paramos no estacionamento, espremidas em uma fila de caminhonetes. Era igual a qualquer velho estacionamento. *E papai diz que este é um lugar sagrado.* Acima da linha das árvores, as torres escuras do castelo furavam o céu noturno.

Quando saímos do carro, eu as segui, subindo o caminho de terra que levava ao anfiteatro. Contornamos por trás, e não pude evitar resvalar o olhar pela grade do esgoto. *E se um deles estiver lá embaixo? E se Caspar tiver se oferecido para descer no meio da noite?* Eu disse a mim mesma que ele não estava lá, que não tinha feito isso, mas então pensei no que papai nos ensinara: que a caverna era uma passagem para o paraíso, que Deus estava por perto naquele lugar, que, se rezássemos com fervor suficiente, as pedras brilhariam.

Parei para acalmar as batidas do meu coração.

— Você está bem, Cass? — Senti os dedos de Lisa roçarem meu braço nu. Havia algo no toque humano que sempre me deixava zonza. Acho que era porque eu ansiava tanto por isso.

Ela sorriu para mim, e pensei nela e em Mortimer se beijando, bem ali, do lado de fora da caverna. Imaginei se um lugar poderia ser mais de um lugar ao mesmo tempo. Se poderia haver dimensões, ou linhas, separadas, posicionadas uma acima da outra, de modo que o mundo fosse um trilhão de mundos diferentes ao mesmo tempo, um mundo diferente para cada pessoa em particular, todos eles se sobrepondo, às vezes colidindo. Pensei em tudo isso, e não tinha nem fumado maconha.

— Vamos — falei, me sentindo mais livre. E se o mundo de papai fosse apenas uma das versões? E se eu pudesse escolher outra?

O fogo já tinha sido aceso, e havia um grupo de garotos e garotas reunido em volta dele, derretendo a sola dos tênis na grelha de metal. Não reconheci ninguém. Perfeito.

— Oi, Lisa — um dos meninos chamou.

— Oi! Esta é minha amiga Castley. — Ela me puxou para a frente, e todos disseram seus nomes depressa, como se não esperassem mesmo que eu fosse lembrar. Depois Lisa e Emily se juntaram ao círculo de meninas. Eu poderia ter ido com elas, seguindo o fluxo, mas isso não seria suficiente. Porque aquela não era apenas minha primeira noite de festa; era também a última.

— Castley? — Um menino com boné de beisebol esticou o pescoço para olhar para mim. — Isso não é um sobrenome?

Encolhi os ombros.

— É para outras pessoas. Meu pai é esquisito.

Ele levantou as sobrancelhas e pôs um filtro na boca, enquanto enrolava um papel com fumo sobre o joelho.

— Você está enrolando um cigarro? — perguntei, sentando ao lado dele. O fogo estalava, enchendo o ar de uma fumaça cheia de esperança.

— Estou.

— Você pode... você pode enrolar um para mim também?

— Claro.

Fiquei sentada por um tempo com ele, que me contou um monte de coisas chatas e que eu nunca tive curiosidade de saber sobre caça. Foi absolutamente perfeito.

Um grande grupo veio subindo a trilha. Reconheci a voz efervescente de Riva, deixando um rastro de pontos de exclamação pelo caminho, mas, quando ela surgiu, vi George Gray atrás dela e senti o coração se tranquilizar. *Destino*.

George não me notou a princípio. Eu o vi interagir com todo mundo, fazendo piadas e conversando, naquele seu modo de falação ininterrupta, como se as pessoas fossem peixes que ele estivesse puxando da água e que poderiam escapar se ele fizesse uma pausa para respirar.

Alguém tinha trazido comida, e me levantei para pegar alguma coisa. Parei a seu lado, e mesmo assim ele não me notou. Por fim, eu disse:

— George. — Ele finalmente olhou para meu rosto, tentando me reconhecer. — É a Castley.

Ele deu dois passos para trás.

— Minha nossa! Como assim? O que você está fazendo aqui?

— Você disse que eu devia sair com os seus amigos — respondi.

Ele hesitou por um segundo.

— Ah, legal. Beleza. Você está um arraso. Eu nunca me toquei que você tinha um corpo. — Não era exatamente o elogio dos sonhos, mas mesmo assim senti uma espécie de calor, de sangue escuro correndo em minhas veias. Ele fez uma careta momentânea, como se estivesse absorvendo essa nova informação, depois pegou minha mão. — Ei, por que você não vem sentar comigo?

Em vez de me levar para uma das cadeiras de acampamento em volta da fogueira, ele me conduziu para fora do palco e subiu as arquibancadas do anfiteatro. Sentamos na terceira fila, de modo que víamos a fogueira e todos os outros no palco, como se a vida fosse uma peça de teatro a que estivéssemos assistindo.

— Não acredito que você veio para isso — ele disse, quase tocando o próprio cabelo esculpido, mas parando bem a tempo. Ele se inclinou para trás, se apoiando nos cotovelos. — Sabe, é só uma brincadeira. Não tem a ver com o diabo de verdade, nem nada do tipo.

Engoli em seco.

— O quê?

— Não se preocupe. — Ele afagou meu cotovelo. — A gente só faz isso de brincadeira.

— Tudo bem — falei, mas só conseguia pensar em *diabo, diabo, diabo*.
— Mas o que é que vocês fazem? — Estava frio longe do fogo, e minha pele se empipocou de pelos arrepiados.

— Hum... à meia-noite, a gente faz um tipo de ritual, só por diversão. É para trazer boa sorte.

— Que tipo de ritual? — Tentei engolir meu coração na garganta. *A Castley real talvez tenha medo dessas coisas, mas a Castley falsa não tem.*

— Está vendo o Jaime ali? — Ele apontou para o menino com quem eu tinha conversado. — Ele matou um bode. À meia-noite, a gente pega o bode e joga no fogo, só de brincadeira. É um ritual para nos ajudar a ganhar o jogo de boas-vindas.

Por que minha noite de festa, minha única noite de festa pelo resto da minha vida, tinha que ser uma noite de culto amador ao diabo? *Porque Deus quis que fosse assim.*

— Ah — fiz. Eu não sabia dizer se estava com medo ou não. Eu tinha visto coisas assustadoras. Tinha visto coisas terríveis. Mas aquilo era só uma brincadeira, como George dissera.

Ele pegou minha mão.

— Você está com medo? Parece assustada. — Eu não conseguia falar. Não consegui nem balançar a cabeça. O fogo no palco havia adquirido uma aura sinistra. Se eu apertasse os olhos, todas as pessoas se transformavam em sombras escuras, como demônios. — Ei, se você não quiser...

a gente pode ir embora. Você e eu podemos ir para outro lugar. Tudo isso é meio péssimo mesmo.

— É só uma brincadeira? — eu me ouvi dizendo.

— É. Claro. Ninguém acredita de verdade nesse tipo de coisa.

Eu acredito, pensei e em seguida tentei lembrar a mim mesma que não, eu não acreditava. Não naquele momento. A ideia era que eu estivesse fingindo. Eu deveria ser outra pessoa.

É isso, você não vê? Deus está te castigando. Deus está lhe dizendo que você não pode fingir. Que o mundo é um lugar horrível e demoníaco e que você precisa ir para casa.

Eu me levantei. Meu braço sacudiu como uma corda, ainda ligado a George Gray.

— Acho que eu quero ir para casa. Desculpe. É só que isso aqui não é como eu queria que fosse.

— Tudo bem. — Ele se levantou também. — Tudo bem. Eu vou com você. — Lancei um olhar em direção ao palco. — Eles não vão se importar. E que se danem. Vamos.

— Tudo bem. Preciso pegar meu vestido no carro da Emily. — Contornamos o palco em um círculo aberto, passando bem longe dos outros para que não notassem que estávamos saindo. Quando chegamos ao estacionamento, passamos por uma caminhonete com um pano azul na carroceria cobrindo algo volumoso, e eu poderia jurar que senti o cheiro da carne do bode em decomposição. *Você precisa salvá-lo.* Tive de lembrar a mim mesma que era tarde demais.

Estava um frio congelante, tão frio que enrolei o vestido em volta do corpo. George Gray tocou meu ombro.

— Quer minha jaqueta?

Concordei com um gesto de cabeça. Eu queria abraçá-lo. *Obrigada por me salvar. Obrigada por me salvar daquilo.*

Ele tirou a jaqueta e colocou sobre meus ombros, ajeitando-a com as mãos.

— Para onde você quer ir? — perguntou.

Segurei sua mão e o puxei em direção ao bosque.

Depois que estávamos sob as árvores, eu me senti segura outra vez, senti que podia respirar de novo.

— Não acredito que eles fazem isso — falei.

— É, eu sei, é idiota. Mas é uma tradição desde, sei lá, desde que o ensino médio foi inventado. — Ele tentava me acompanhar. Eu estava andando depressa.

— E eles mataram aquele pobre bode?

— É. Acho que, sei lá, nos anos 50 eles matavam no palco. Foi mal.

— Mas por que eles fazem isso? Será que não percebem que desse jeito estão chamando o espírito do mal? — Eu me senti empalidecer. Era a primeira vez que dizia algo religioso na frente de George Gray, na frente de qualquer pessoa fora de minha família, e me senti estranhamente constrangida.

— Não sei se eles acreditam no diabo. Quer dizer, não de um jeito real. Pode ser que frequentem a igreja ou fiquem com medo em filmes de exorcismo, mas não sei. Não é como na sua família.

Chegamos a uma pequena clareira. A lua se dependurava pesadamente no céu, com o cortejo de estrelas, ansiosa pelo sacrifício.

Eu me virei para ele.

— Como assim, *como na minha família?*

— Ah, sei lá. — Ele encolheu os ombros daquele seu jeito relaxado e solto. — Vocês vivem como se ainda fosse um milhão de anos atrás. Como se contassem com Deus para, sei lá, ter uma boa colheita. — Riu de leve. — As pessoas não pensam mais assim, sério. Elas acham que podem fazer o que quiserem e agradecem a Deus por isso. Não ficam só rezando e esperando que algo mágico aconteça.

— E você acha que é isso que devíamos fazer?

— Sei lá. Mas é bem mais fácil que ficar esperando as boas graças de alguém o tempo todo. Especialmente alguém que a gente nem pode ver.

— Uau.

— *Uau* o quê?

Respirei fundo.

— É difícil acreditar que alguém consegue expor de um jeito tão simples uma coisa que vem me causando tanta... confusão, há tanto tempo. Por onde você andou durante toda a minha vida?

Ele estendeu a mão, pegou um graveto e o partiu ao meio.

— Acho que às vezes a gente precisa de outras pessoas para nos enxergar. Pode ser isso.

— É. Pode ser. Pode ser que a gente precise mesmo de outras pessoas.

Eu me movi em sua direção sem pensar. Era como se uma esperança estivesse me levantando, e então o beijei, primeiro delicadamente, depois com força, na boca. Senti seus lábios se moverem sobre os meus, como dois mundos colidindo, como dimensões se sobrepondo. *Às vezes a gente precisa de outras pessoas para sentir o gosto das estrelas.*

⚘

George Gray queria me acompanhar até em casa, mas eu sabia que não era seguro, então eu o acompanhei até a casa dele. Ele não pareceu muito tranquilo por me deixar sozinha no bosque.

— Não se preocupe — garanti, enquanto ele traçava a palma da minha mão com o dedo. — Eu conheço este bosque de trás para a frente. Às vezes meus irmãos e eu passamos a noite toda só andando entre as árvores.

Ele deu um sorrisinho.

— Vocês são doidos.

— Puxa, muito obrigada. — Fiquei na ponta dos pés e o beijei outra vez. Era estranho pensar que nos veríamos na manhã seguinte na escola. Eu me perguntei se iríamos nos beijar de novo, ou se tudo simplesmente voltaria a ser como era à luz do dia, na escola, onde não deveríamos nem conversar um com o outro. *Não voltará, se você não deixar,* lembrei a mim mesma. E o soltei.

Ele me deixou levar a jaqueta emprestada, e eu a apertei em volta do corpo enquanto caminhava pelo bosque sozinha. Estava quase em casa quando ouvi uma voz me chamar.

— Castella?

— Caspar?

Mortimer saiu de trás das árvores. Ele parecia menor. Acho que porque os outros meninos, como George Gray, eram tão maiores.

— Como foi a fogueira? Você se queimou?

— Eu, hum... — Toquei os lábios, com medo de que o batom estivesse borrado.

Ele soltou o ar pelo nariz, em um som de desdém.

— Você é pior que o Caspar.

— Como assim, pior que o Caspar?

— Nós dormimos na mesma cama. Use a imaginação. — Eu não tinha ideia de a que ele estava se referindo, mas sabia que devia ser algo sexual. Ele fez menção de ir embora.

— Você é um hipócrita!

— Não sou.

— Quer que eu pegue um dicionário? — Irritada, levei as mãos aos cabelos e me surpreendi ao encontrá-los soltos. — Eu não entendo. Sei que você não gosta do Michael Endecott, mas por que ficou tão decepcionado com o Caspar se fez exatamente a mesma coisa que ele?

— Não foi exatamente a mesma coisa.

— Por que você acha isso?

— Nós fizemos por razões diferentes.

— Tudo bem — eu disse. — Por que você beijou a Lisa Perez?

Ele inclinou a cabeça de lado. Mortimer adotara recentemente uma nova expressão que o fazia parecer congelado. Com contornos frios.

— Eu queria ver que gosto tinha.

— Que gosto tinha *o quê*?

— Ser outra pessoa. Ser normal. Acho que você sabe o que eu quero dizer — ele acrescentou, como se soubesse sobre George, como se soubesse de *tudo*.

— E que gosto teve?

Ele deu um sorriso torto.

— De morte.

Chutei a terra sob meus pés.

— Por que você está agindo assim?

— Porque o papai está certo. O papai está certo sobre tudo, e um dia você vai perceber, se é que não percebeu ainda. — Ele fitou a escuridão sobre minha cabeça. — O mundo é um lugar horrível. Nós merecemos coisa melhor.

— Mas eu gosto do mundo. — Dei um passo à frente. — Eu gosto daqui. Acho que... — Quase falei "o papai está errado", mas mordi a língua a tempo.

— Você pode pensar isso agora. Pode pensar que parece legal do outro lado. Sabe aquilo que dizem sobre a grama do vizinho? Talvez você ache que poderia viver lá, ser como todo mundo, mas ainda vai aprender. Nós somos os Cresswell, e ponto-final. Os pais criam o mundo para os filhos; acontece com todo mundo. São eles que atribuem significado, e tudo o que acontece é através da visão deles. Nós somos vítimas da visão do nosso pai e sempre vamos ser, não importa o que fizermos. Você vai ver. O mundo vai se virar contra você, Castley. Só espere para ver. É sempre assim. O mundo vai te decepcionar, e tudo o que você vai querer fazer é voltar para casa.

— Você não pensa assim realmente.

— Penso, sim. Você é que nunca me conheceu direito.

— Acho que você está com medo.

Seus olhos se estreitaram.

— Quando você já me viu com medo?

— Acho que você fica com medo quando vê o Caspar, quando me vê, e sabe que nós dois conseguiríamos sobreviver no mundo real, enquanto você acha que não conseguiria.

— Sorte nossa, acho, que nunca vamos precisar descobrir. — Ele cruzou os braços, e eu soube que era o sinal para eu ir embora, mas algo me manteve ali.

— O que aconteceu? — perguntei. — No hospital?

— Como assim?

— Quando você quebrou a clavícula. Por que você não contou o que o papai fez com você?

Ele deu um passo para trás, passando a mão na clavícula.

— Não foi o papai...

— Só pode ter sido ele.

— Não foi o papai. Fui eu. Fui eu que fiz aquilo. Eu contei a verdade.

— Eu não acredito em você.

— É a verdade.

— Eu não acredito mais na verdade. *Não existe verdade.* E quanto à mamãe? E a perna dela? Ela caiu da escada. E se ele tiver empurrado? — Eu não sabia por que estava dizendo aquilo, mas era como se não pudesse parar. Eu estava usando as roupas de outra pessoa. Tinha beijado George Gray. As pessoas podiam me ver. Tinham conversado comigo.

— Não foi ele.

— Lembra como eles brigavam? Mas não brigam mais. É como se ela estivesse morta.

— Ela não está morta. — Ele apertou os dentes. — Está esperando a misericórdia de Deus, como todos nós devíamos estar. Todos nós devíamos ser mais como ela.

— Mas eu não quero ser como ela! Não quero esperar! Não quero esperar o paraíso! Quero o paraíso agora! — Minha bochecha ardeu quando ele a acertou com um tapa. Levei a mão ao rosto, tentando recuperar o fôlego.

— Você estava ficando histérica — disse ele. — Eu precisei te bater.

Minha respiração saía em arfadas curtas e roucas. *Agora* é que eu estava ficando histérica.

— Como o papai bate em você? Como ele chutou o Caspar?

Mortimer meneou a cabeça e recuou.

— Eu não queria te machucar.

— Queria me controlar. O que é pior! O que é ainda pior!

— Pare de gritar, Castley. Estou falando sério.

— Ou o quê? Ou o quê?

— Você está ficando louca — disse ele.

— *EU SEI!* Pelo menos eu sei disso. — Comecei a correr sem rumo pelo bosque, com as árvores atrás de mim. Arbustos arranhavam minhas pernas nuas. Folhas batiam em meu rosto. Eu não conseguia mais pensar. Havia tanto em que pensar. Eu precisava parar. Precisava que tudo parasse.

A casa apareceu a minha frente, como uma torre maligna. Caí de joelhos.

— Meu Deus, por favor, por favor, me dê forças para eu ajudar a mim mesma. Por favor, me permita salvar minha família. Cada um deles. Por favor, meu Deus, me permita salvar todos eles. Por favor, por favor, por favor.

E então, como em resposta a minha oração, eu o ouvi gritar.

DOZE

*Corri para casa enquanto sua voz se desfazia e dispersava. Um si-*lêncio suplicante se seguiu. Um silêncio que dizia: *Nunca aconteceu, você ouviu errado.* Mas eu continuei a correr.

Quando pulei para dentro da cozinha, o balde virado quebrou. Aterrissei pesadamente no batente da janela. Tive de me arrastar, apressada para entrar, com as botas raspando a madeira do lado de fora. Ouvi passos no andar de cima, no andar de baixo... ou eu estava imaginando? Como se a casa estivesse despertando de um sono profundo. Os baldes no chão estavam todos vazios, então não derramaram água quando os derrubei.

Eu me apressei pelo corredor em direção à escada, em direção ao quarto dele. Vi uma figura escura descendo os degraus. Gritei.

— Castella Cresswell! — Ele se lançou contra mim e agarrou meu pulso. Sob a luz tênue, reconheci papai e tentei soltar o braço.

— Não encoste em mim! Me deixe em paz!

— O que você fez com seu cabelo? O que está vestindo? Onde você estava?

Caspar apareceu no alto da escada. Estava sem camisa e, mesmo no escuro, percebi que seu peito estava queimado do pescoço até o umbigo. Por isso ele tinha gritado.

— Você é um monstro! — berrei para papai, me contorcendo como um gato selvagem. — Eu sei que foi você! Sei que era sempre você, quando dizia que era Deus!

Ele pegou meus ombros em câmara lenta, com suprema calma, e me segurou contra a parede. Eu chutei e lutei para me soltar.

— Me deixe sair! Por favor, me deixe sair! — Eu não me referia apenas àquele momento. Queria dizer para sempre. Estar presa parecia a pior coisa do mundo. Era como a essência do meu problema: *Eu quero ir e papai não me deixa.*

— Castella, acalme-se. Você está histérica. Você não vai a lugar nenhum.

Joguei meu peso para baixo, tentando escapar. Chutei-o entre as pernas, meu próprio pai, porque tinha ouvido que isso sempre funcionava, mas ele nem se mexeu. Tentei subir pela parede, mas ele me manteve presa. Ele era tão forte, tão mais forte do que eu jamais imaginara que uma pessoa poderia ser. E isso não era justo.

Tudo o que eu queria era ser livre. Correr, fugir o mais rápido e para o mais longe possíveis. Mas eu não podia. Não naquela noite. *Não esta noite.*

— Papai, por favor — Caspar pediu.

Amoleci nas mãos de papai, mas minha mente funcionava cada vez mais rápido. *Seja boazinha, só agora. Faça como lhe pedem, e amanhã ou depois, quando ele achar que está tudo bem e tranquilo, você pode sair correndo como louca e nunca mais olhar para trás.*

Papai continuava me segurando.

— Castella Cresswell, onde você estava?

Ergui a cabeça e olhei para ele, e um sorriso despontou, lento, em meus lábios.

— Não é da droga da sua conta.

Ele me arrancou da parede tão depressa que meu ombro estalou, e então estávamos andando em direção à porta.

— Papai — Caspar chamou. — Aonde o senhor vai com ela?

Papai fez com que eu me virasse.

— Caspar James Cresswell, vá para a cama imediatamente, ou, pela ira de Deus, eu vou fulminá-lo.

Meu irmão hesitou por um momento, depois desapareceu no corredor. E o trem seguiu.

Papai me arrastou pela porta da frente em direção ao bosque. Eu tinha caído em um estado sereno, quase hipnótico, e o acompanhei sem protestar.

Meus olhos percorriam o trajeto como se fosse novo para mim. Troncos brancos, como ossos retorcidos, e folhas que se curvavam em punhos. E o olho atento da lua sobre a água, pairando no alto. Por que o mundo tinha escolhido aquele momento para parecer mais belo do que nunca? Eu queria chorar, mas não sabia nem se conseguia, ou se o faria novamente.

Observei o rosto de papai enquanto ele me conduzia entre as árvores. Seus olhos azuis estavam tão claros, quase transparentes. Como alguém tão bonito podia ser tão horrível? A floresta mudava sob meus pés: folhas, raízes, árvores e cores. Eu tropecei.

Papai parou de repente.

— Prenda o cabelo — ordenou, soltando minha mão.

— Tudo bem. — Peguei os grampos que tinha guardado nos bolsos do shorts de Lisa.

Apoiada em uma árvore, puxei os cabelos para cima. Fiz tudo com muita lentidão e calma. E desejei que, quando terminasse, tudo tivesse desaparecido.

— Para onde vamos? — perguntei baixinho.

— Estou levando você para os Aposentos de Deus.

Emiti um som de espanto e segurei a garganta, como se estivesse sufocando. Não podíamos ir para lá, não naquele momento, com toda aquela gente ali. Tentei imaginar o que aconteceria se papai e eu aparecêssemos de repente, descendo os degraus de pedra. Se ele tentasse me trancar embaixo da terra. *Eles não iriam deixar. Eles iriam impedi-lo. E George Gray me salvaria e eu iria embora morar com ele, e, quando tivéssemos idade suficiente, sairíamos de Almsrand para sempre e não voltaríamos nunca mais.*

Terminei de ajeitar os cabelos.

— Vamos — falei.

Ele não segurou meu braço. Na verdade, parecia confuso com o que estava acontecendo. Começou a andar mais devagar e, depois, a dar voltas pelo bosque, como se estivesse caminhando em meio a um sonho. Mas aquele era meu pesadelo.

Passamos pelo lago sem dizer uma palavra. Eu me perguntei se ele estaria mudando de ideia. Em minha mente passou: *Quem sabe Deus o alertou*, mas me detive depressa. *Se há um Deus, ele não está trabalhando para o papai*, eu disse a mim mesma, e quase acreditei. Podia sentir a possibilidade tremulando atrás de meus olhos, começando a tomar forma. *Papai não criou o mundo*.

Estava tudo quieto quando nos aproximamos do palco. Acelerei o passo. Eu queria vê-los ali; meus colegas de classe reunidos em volta de uma fogueira, como pessoas normais, em um mundo normal. Um mundo de que talvez, um dia, eu pudesse fazer parte.

Quando chegamos ao topo da colina no alto das arquibancadas, meu coração se acelerou. O horizonte se expandiu, despejando-se sobre o anfiteatro. A lua descoberta inundava de luz o espaço de pedra.

Levei um susto e me segurei em meu pai quando meus joelhos cederam. O bode estava espalhado pelo palco em pedaços. As entranhas se enrolavam em fitas vermelhas. Os cascos estavam jogados como lixo. A cabeça empalada em uma torre do castelo, os olhos pretos gosmentos se fundindo em sangue.

No alto das arquibancadas, papai deu um passo para trás, depois baixou até o chão. Pôs a cabeça entre as mãos. Achei que talvez estivesse chorando. Obriguei-me a desviar o olhar do palco e me sentei ao lado dele.

Ele ficou ali por um tempo, só segurando a cabeça entre as mãos, como se tudo aquilo fosse uma mensagem dirigida apenas a ele.

Então ergueu a cabeça e estendeu os braços, com a palma das mãos para cima.

— Está vendo, Castella? É disso que eu protejo vocês. O mundo é um lugar mau. Um lugar carnal, obsceno, destrutivo. Não é o que eu quero para os meus filhos.

Ordenei a mim mesma que permanecesse forte.

— O que aconteceu com o Caspar?

Os olhos dele oscilaram como lâmpadas defeituosas.

— Seu irmão está lutando contra desejos carnais. Esse é apenas mais um aspecto da carne que está determinado a nos destruir.

Inspirei o mais fundo que pude e guardei o ar, com medo de morrer só de falar.

— O que você fez com ele?

Papai apertou os olhos e meneou a cabeça. *Papai.* Esse era meu pai.

— Não fiz nada com o seu irmão, a não ser ir até ele quando o ouvi gritar no meio da noite.

Senti lágrimas se formarem e caírem, e apertei minha mão com força.

— Castella, por que você está chorando?

— Porque eu não sei se você está mentindo. Não sei se você está falando a verdade ou não. Nunca sei.

— A fé é uma escolha, sempre.

— Mas eu *vi você agir errado.* — Cobri o rosto com as mãos. E fechei os olhos tão fortemente que a luz veio. Só que, dessa vez, achei que a luz vinha de mim.

A fé é uma escolha. Como Mortimer disse que papai não quebrara sua clavícula. Como mamãe disse que sua perna não passara de um acidente. Todos escolheram acreditar nele. Todos *nós* escolhemos acreditar nele. Eu fazia isso o tempo todo. Questionava o que via e o que sentia. Ficava louca pondo Deus em toda parte, em tudo, porque, se Deus não fosse o responsável, o que teríamos? Um pai abusivo e uma família vivendo em terror.

Papai pôs as mãos em meus ombros e os afagou. Lutei contra a bile que me subia à garganta.

— A carne é fraca, Castella. Por isso eu agradeço que o nosso tempo aqui seja breve. Posso ver que você está sofrendo. Vejo seus irmãos e irmãs. Sua mãe...

— Por que você não arruma um emprego? — explodi. — Por que não faz isso? Por que você não pode ser normal? Aí não teríamos que sofrer tanto. Estamos todos passando fome. Vamos morrer de fome, e só o que você faz é falar como se achasse que alguém está determinando tudo!

Ele sacudiu a cabeça, do alto de sua costumeira estúpida sabedoria superior.

— Deus tem um plano diferente para nós.

— E não temos direito a nenhuma opinião nisso? Só precisamos aceitar qualquer coisa que Deus jogar sobre nós?

Papai fez uma careta.

— Você sabe que eu nunca te machucaria. Pais não devem ter seus preferidos, mas têm. Assim como Deus também tem.

Enrijeci.

— Eu achava que o Caspar fosse seu preferido.

— Caspar? — ele repetiu, como se nem soubesse de quem eu estava falando.

Eu me levantei. Tínhamos terminado. O encanto estava rompido. Se não fosse por meus irmãos e irmãs, acho que eu poderia ter ido embora naquele momento.

— Deus ajuda quem se ajuda — falei e retornei pelo bosque, sozinha.

🍃

Eu estava quase em casa quando meus pés começaram a se arrastar. Sentia uma exaustão extrema e, por fim, simplesmente parei no meio do bosque.

Sentei em uma pedra e tentei pensar. *Talvez você deva ir embora, agora, enquanto ainda pode.* Mas eu sabia que não podia deixá-los: Caspar, Del e Jerusalem, e mesmo Hannan e Morty. Mesmo mamãe. Tínhamos de escapar todos juntos. Mas como poderíamos fazer isso? Será que ao menos era possível?

Você devia ir embora, agora, minha cabeça dizia. *Eles nunca irão com você.* Mas meu coração dizia "não". E minha cabeça dizia: *Para onde você iria?* Imaginei-me batendo na porta de George Gray. Ele sorriria lentamente e me faria entrar. Arrumaríamos nossas coisas em uma mochila e fugiríamos na manhã seguinte. Eu nos via caminhando juntos pela estrada, no azul-celeste do início da manhã. Levantei e senti meus pés se moverem, meus passos se acelerando.

Um galho quebrou atrás de mim. Congelei.

— Quem está aí? — perguntei, apoiada em uma árvore para recuperar o equilíbrio. Talvez fosse Mortimer, ou mesmo papai, voltando para me castigar.

— Castley. Sou eu. — Caspar surgiu por entre as árvores. Usava uma jaqueta, mas a segurava longe do corpo, para não tocar na marca em sua pele. A queimadura reluzia como escamas ao luar.

— O que você está fazendo aqui? — Apertei mais o casaco de George Gray ao meu redor, como se quisesse manter o coração fechado dentro do peito.

— Eu segui vocês — ele respondeu. — Queria garantir que você ficaria bem. — Sorriu tristemente, e tive vontade de correr para ele e envolvê-lo nos braços. Mas não pude. Eu não faria isso.

— Estou bem — falei. — Acho que Deus decidiu tirar a noite de folga.

Ele se aproximou. Levantou a mão e ajeitou meu cabelo atrás da orelha.

— Seu cabelo está soltando.

— Ah, eu não me importo mais! — Arranquei os grampos o mais rápido que pude e meus cabelos caíram sobre os ombros.

Caspar puxou o ar, espantado.

— É como um animal — sussurrou. Ele realmente estava lutando com os tais desejos carnais.

Ele veio até mim, pôs os braços sobre meus ombros e me segurou sem se encostar, balançando de um lado para outro, do jeito que costumava fazer quando éramos crianças medrosas. Tive vontade de apoiar a cabeça em seu peito, mas não pude. A queimadura brilhava em sua pele.

— O que aconteceu com você? — perguntei, passando os dedos pela gola da jaqueta jeans. — Por que você gritou?

Caspar baixou o olhar para o peito, depois ergueu a cabeça de novo. Seus olhos tinham aquela inexpressividade estática. Olhos Cresswell, poderíamos dizer. Todos nós os tínhamos. Olhos que só viam o que queriam ver.

— Eu estava... — Ele pigarreou. — Eu estava tendo um sonho.

— E ele se tornou realidade? — revidei, impaciente. — Caspar, eu quero saber o que realmente aconteceu. Por favor.

— Um sonho ruim. Do tipo que a gente não deve ter.

Gemi.

— Será que algum dia alguém vai me dar uma resposta direta? — Ele olhou para mim com uma expressão vazia. Acho que era um *não*. — Certo. Tudo bem. Com o que você sonhou? Que nós éramos consumidos pelo fogo? Que o Fim está vindo porque o nosso cano de água estourou?

— Eu sonhei que estava fazendo sexo com a Amity.

Minha garganta estalou.

— Ah.

— Eu sei... — Ele crispou o rosto, como se tivesse escapado por muito pouco. — É muito ruim.

Sacudi os ombros, tentando afastar a pontada estranha de algo como ciúme.

— Não, não é muito ruim. Não é muito ruim mesmo, Caspar. O que aconteceu depois?

— Eu acordei e minha... pele estava queimando.

— E quem mais estava lá? — Cheguei mais perto dele sem pensar. — Quem mais estava no quarto com você?

— Ninguém. Só o Hannan.

— E o papai. O papai também estava lá.

— Não.

— Mas eu vi quando ele desceu a escada.

— Ele subiu quando me ouviu gritar. — Eu sentia formas começando a se alterar, a verdade se reorganizando em minha mente. *Talvez o papai não estivesse lá, está vendo? Talvez tenha sido só um pesadelo.*

Eu me contorci nas mãos do meu irmão

— Caspar, ele deve ter ido até lá. Provavelmente estava no corredor, escondendo sabe-se lá que substância química ele usou para fazer isso.

Ele franziu a testa.

— Castley, do que você está falando?

— Foi o papai que fez isso. O papai fez isso com você.

A expressão de Caspar se fechou.

— Cass...

— Foi ele, Caspar. Isso é uma queimadura química, só pode ser. Se pudéssemos procurar no Google, como pessoas normais...

— Procurar no Google? — ele repetiu, como se eu tivesse sugerido algo repugnante. Balançou a cabeça, parecendo querer limpar os pensamentos. — Castley, eu fui castigado. É minha culpa.

— Não. Deus e nosso pai não são a mesma pessoa.

Ele torceu os lábios de maneira esquisita.

— Não, não são.

— Você não percebe, Caspar? — Tentei me afastar, mas ele me segurou, e meu coração se acelerou no peito. — Você não vê que é tudo ele? Se nós saíssemos de casa, se fôssemos embora e vivêssemos como pessoas normais, tudo isso ia desaparecer. Todos os castigos, o medo e o jeito como cada coisinha minúscula parece ter o poder de acabar com o mundo.

A respiração de Caspar era irregular, e ele me segurava sem me ver.

— Não. Eu não acho que ia ser assim. — Isso me fez lembrar o que Mortimer dissera: que éramos vítimas da visão de nosso pai e sempre seríamos, não importava para onde fôssemos ou o que fizéssemos.

— Mas vale a pena tentar, não é? — falei, apertando-o tanto que ele fez uma careta. Livrei-o da pressão, mas ele não me largou; acho que quase gostava da dor. — Eu não quero mais viver assim. Não quero viver com medo.

Caspar respirou fundo e me agarrou com mais força ainda.

— Castley, Castley, o que você vai fazer? Não vai nos deixar, não é?

— Podíamos ir todos — respondi. — Todos nós podíamos ir, juntos. — Acalmei a respiração. — Caspar, nós dois podíamos convencer os outros, juntos.

— Castella. O nosso lugar é aqui. Temos que ficar unidos. Somos uma família. — Ele me olhou nos olhos. — Você não lembra como foi quando nos levaram embora? Nós ficaríamos separados...

Claro que eu lembrava. Perder meus irmãos fora como perder a mim mesma, mas talvez fosse apenas porque havia tão pouco de mim para reter naquela época. Mas agora eu começava a ver coisas, a ter visões do mundo além da cerca, do outro lado da vida. Como fazer meu irmão entender isso?

— Caspar.

— Você não nos deixaria.

Apertei os lábios.

— Eu não teria que fazer isso. Se a mamãe...

— Castley. — Ele estendeu a mão e enrolou um de meus cachos nos dedos. — A mamãe não... a mamãe praticamente nem está aqui.

Inclinei a cabeça, percebendo algo que nunca tinha visto antes. Caspar não mencionara Deus.

— Você ainda acredita? — sussurrei, quase sem querer. — Você ainda acredita que o papai está certo?

Ele respirou fundo, enrolando meu cabelo nos dedos.

— Não é isso — respondeu. — Não é que eu não acredite. É só que talvez... talvez eu deseje que não fosse verdade.

Eu me movi para abraçá-lo e me detive um pouco antes. Mas ele completou o movimento por mim e me apertou contra si, enquanto sua respiração chiava entre os dentes.

Por favor, meu Deus, salve pelo menos Caspar.

꩜

No dia seguinte, do lado de fora da sala de teatro, a sra. Fein tinha afixado a lista do elenco para *Macbeth*. Del e eu havíamos sido selecionadas como bruxas, mesmo sem ter feito nenhuma audição. A sra. Fein veio até minha carteira antes de começar a aula.

— Viu a lista do elenco? — perguntou, como se fosse uma surpresa para ela também.

— Vi.

— Eu sei que você não fez a audição, Castley, mas acho que é uma excelente atriz.

— Desculpe, o que a senhora disse?

— Eu disse que acho você excelente.

— Não, quer dizer... a senhora sabe meu nome.

A risada dela pairou no ar.

— Finalmente eu consigo distinguir vocês duas. Acho que estarem em classes separadas ajudou. Com as duas juntas, eu já pensava em vocês como um par. — Ela inclinou a cabeça. — Você realmente desabrochou, sabia? Já pensou em estudar teatro?

Era como se ela estivesse falando uma língua estrangeira.

— *Estudar teatro?*

— É. Eu acho que você tem muito potencial.

— É mesmo? — Ela provavelmente estava reconsiderando isso agora.

— Com certeza.

Eu nunca, jamais tinha pensado em estudar teatro. Quando se está vivendo em uma névoa, não se consegue ver com clareza, mas as nuvens agora começavam a se dispersar, talvez. O mundo finalmente estava se abrindo. E talvez em algum lugar, em algum mundo possível, houvesse uma Castley Cresswell que continuava vivendo, que iria estudar teatro, que pegaria a estrada e continuaria andando, para sabe-se lá onde, para onde quer que um mundo de infinitas possibilidades a levasse.

A sra. Fein pôs as mãos na cintura.

— E quanto à peça? Você teria que se dedicar aos ensaios por quarenta minutos depois das aulas.

Papai nunca aprovaria isso.

— Sim, tudo bem — respondi.

Ela tagarelou um pouco sobre o figurino, depois voltou para sua mesa. George Gray se inclinou para mim.

— Ei, parabéns! Eu sou um guarda do palácio. Queria ser *você-sabe-quem*, mas acho que sempre escolhem alunos dos últimos anos para os papéis principais, porque eles não vão ter outra chance e tal... Ah! Não leve a mal porque você já está no penúltimo ano, eu quis dizer os papéis grandes mesmo... Não que o seu não seja bom. — Ele abriu um sorriso desajeitado.

— Tudo bem — falei. Tentei não olhar muito fixo para os lábios dele, que pareciam diferentes sob as luzes fluorescentes. *Você beijou esses lábios.*

Pensei no bode e imaginei se George teria ficado lá, se não tivéssemos saído juntos. *Claro que não.* Quase perguntei, mas a ideia me revirava o estômago.

— E aí, vai ver seu irmão jogar na sexta-feira? Acho que ele vai arrasar. Cara, você devia ver o Hannan nos treinos. Seu irmão é muito incrível.

Nem uma única pessoa da minha família já tinha visto Hannan jogar. Nunca tivemos permissão.

— Claro, com certeza. Lógico que vamos ao jogo de boas-vindas.

TREZE

Delvive me cercou na fila do almoço.

— O que é essa história da peça? — disse, mexendo nos cabelos. — A sra. Fein disse que você aceitou.

— Aceitei.

— Mas você sabe que não temos permissão — ela me lembrou. Eu também sabia que Emily Higgins tinha sido escolhida como a terceira bruxa. E tinha certeza de que era por isso que as bochechas de Del estavam rosadas e sua voz, ofegante.

— Esqueça o papai por um segundo. Você quer fazer a peça?

Observei minha irmã tentando esquecer papai. Quase podia ver a névoa se dissolvendo em seus olhos. Mas ela não se dispersava.

— Castley, você sabe que não temos permissão.

Pousei a mão em seu ombro.

— Deixe comigo.

༄

Parei papai no corredor, antes da leitura das escrituras. Todos já estavam reunidos na sala. Ele estreitou os olhos em minha direção sem que eu sequer tivesse começado a falar.

— Castella...

— Papai — interrompi —, Delvive e eu fomos convidadas para participar da peça da escola.

— Bem — disse ele, em sua voz musical —, vocês vão ter que recusar a oferta. Se estiver preocupada em chatear alguém com isso, eu mesmo posso ligar para a sua professora.

— Não. Eu não vou recusar a oferta. Eu quero participar. Não sei quanto à Del. Ela pode decidir por si mesma. — Eu via Del na sala de estar, com a cabeça inclinada em nossa direção.

Ele sorriu. Eu odiava o jeito como meu pai sorria quando discutia conosco, como se tudo não passasse de um jogo. Como se nós fôssemos seus brinquedinhos, seus experimentos.

— Castella, eu não vou permitir que você participe de uma peça.

— Tudo bem, papai — respondi. Dois podiam jogar o mesmo jogo. Eu não discutiria com ele. Sabia que não ia ganhar. Mas estaria no ensaio da peça depois da aula no dia seguinte, como todo mundo. E, se papai quisesse me castigar, se quisesse me trancar em uma caverna no bosque, eu ameaçaria denunciá-lo. Ou o denunciaria *de fato*. Contaria para George Gray, e ele viria me salvar. Ele me beijaria através da grade do esgoto, como Lisa beijou Mortimer, e então eu lhe passaria a combinação do cadeado e ele me soltaria.

Não examinei essa ideia com muita atenção, porque, se o fizesse, teria de admitir que não ia contar. Não apenas porque eu tinha medo ou porque não havia ninguém em quem eu pudesse confiar, mas principalmente por uma coisa: hábito. O hábito era o grande destruidor. Porque eu nunca havia contado antes. Porque, mesmo que as dunas estivessem se movendo, continuaria sendo apenas um jogo, uma emoção inebriante. Porque como se podia derrubar um velho mundo quando não havia um novo para ocupar seu lugar?

Entrei na sala pisando duro. Os olhos de papai me acompanhavam enquanto ele tomava sua posição à frente da sala. Acho que ele sabia que eu não tinha a menor intenção de obedecê-lo, mas não podia discutir se eu não discutisse primeiro. Papai era um manipulador muito cuidadoso.

Acho que eu nunca tivera a noção exata disso. Mas eu era sua filha e tinha aprendido com o melhor.

Levantei a mão.

— Antes de começarmos — falei —, tem uma coisa que eu quero dizer.

Caspar olhou para mim. Eu sabia, por George Gray, que ele e Amity não estavam mais se falando, e tudo porque ele queria fazer sexo com ela e não com a própria irmã.

— Esta não é uma reunião de família, Castella — papai interveio. — É estudo das escrituras. É um momento para reflexão tranquila sobre a palavra de Deus.

Meu olhar percorreu meus irmãos e irmãs. Mamãe mantinha os olhos baixos, voltados para o colo. *Isso é por vocês*, pensei.

— É só um minuto. — Fiquei em pé. — Acho que todos nós devíamos ir ver o jogo de futebol do Hannan. — O ar pareceu estalar. Hannan levantou os olhos imediatamente para mim. Sua mensagem era clara: *Não ouse me colocar no centro da discussão*. Então me dei conta de que papai poderia simplesmente proibi-lo de jogar e senti uma primeira agitação nervosa. — É só que... a gente nunca foi ver ele jogar, e esse é... é o jogo de boas-vindas. É uma experiência única.

O sorriso de papai se distorceu.

— Obrigado, Castella. Você poderia começar a leitura? Seu Plano Maravilhoso, sessenta e seis. — Ele me passou meu livro.

Fiz o que ele pedira. Eu não iria recuar. Enquanto líamos, a tensão na sala se dissipou. Mas a ideia estava lá, uma vela que não tinha sido apagada. *Por que não vamos todos ao jogo de boas-vindas? É uma oportunidade única.*

⁂

Naquela noite, Del ficou se revirando no colchão a meu lado. O cheiro de flores mortas era forte em nosso quarto e, quando o vento entrava pela janela, elas crepitavam como aplausos dispersos. Depois de um tempo, eu me sentei na cama. Del se levantou no mesmo instante.

— Que história é essa? — perguntou. — A peça, o jogo de futebol e tudo o mais? — Baby J estava imóvel demais em seu colchão, então percebi que ela também estava ouvindo.

Tentei demonstrar naturalidade.

— Você não quer fazer alguma coisa? Não quer estar na peça? Não quer participar com Emily Higgins?

Delvive se retraiu, como se sentisse aversão.

— Quando foi que você ficou tão cheia de conversa? — Eu sabia que não era um elogio; sempre nos ensinaram que conversa demais era coisa do diabo.

— Só estou tentando ter uma vida normal, como todo mundo.

— Pois não parece, se você quer saber — disse ela, puxando a colcha até o queixo. — Parece que você está tentando atacar o papai.

— E se eu estiver?

Del largou a colcha e sentou, muito ereta. Até Baby J se mexeu na cama.

— Você não está falando sério — disse Del.

— Nosso pai e Deus não são a mesma pessoa — respondi, rígida. Quando eu dissera isso para Caspar, parecera certo, mas Del quase engasgou.

Quando falou, sua voz era tão sincera que meu coração se partiu um pouco.

— Castley, por favor, pense bem. Eu acho... eu não quero assustar você... mas acho que você pode ter permitido que o diabo entrasse na sua alma.

Minha mente saltou de volta para o bode. *E se ela estiver certa? E se ter sido cúmplice naquele ritual horrível for o que está fazendo você agir assim agora?*

Tentei forçar aqueles pensamentos maus a saírem da minha cabeça. *Má, isso é o que você é.*

Tentei pensar em um mundo novo, um mundo renovado, porque todos os velhos tinham significados velhos. Eu teria de aprender a falar outra vez. Teria de aprender tudo desde o começo, se quisesse mudar quem eu era. *Má, isso é o que você é.*

De alguma forma, a velha Castley parecia mais forte; tinha anos e anos de vantagem sobre a nova.

Por favor, meu Deus, me dê forças. Mas eu nem tinha mais certeza do que significava "Deus". *Por favor, por favor, por favor.*

No dia seguinte, na escola, Caspar e Hannan foram escolhidos para o Comitê de Recepção de Boas-Vindas. Nenhum dos dois participaria, claro. Eles cederiam o lugar a outros candidatos, como tinham feito em anos anteriores. Nem sei por que a escola ainda se dava o trabalho de anunciá-los.

Durante a aula de teatro, George Gray e eu ficamos dando uns amassos em um cantinho. No começo eu me senti meio estranha. Fiquei pensando no que Del tinha dito, sobre como eu estava sob influência do diabo. Então beijei George com mais força.

Por fim, paramos para respirar. Apoiei a cabeça em seu ombro ossudo, e produzimos formas com as mãos unidas. Havia algo muito reconfortante em estar assim tão perto de outro ser humano.

Eu estava usando a jaqueta dele. Não tivera coragem de ficar com as roupas de Lisa, mas papai não sabia que a jaqueta era de George. Estávamos sempre encontrando roupas no bosque, eu e meus irmãos, então eu duvidava de que ele sequer reparasse.

George e eu fizemos uma torre com os dedos.

— Você é tão.. sei lá, sexy. Principalmente com o cabelo solto. — Ele estendeu a outra mão e enfiou o dedo em uma de minhas tranças. — Eu queria que você usasse solto, como na fogueira.

— Tudo bem — falei, engolindo o gosto de culpa que parecia acompanhar cada pequena violação de regra. — Ajude aqui.

Removi um grampo, depois a mão dele se juntou à minha, roçando meus dedos. Tentei controlar a respiração. Era estranho como aquilo me fazia sentir tão violada. *Não, não violada*, eu disse a mim mesma. Mas não consegui encontrar uma palavra que se encaixasse.

Meu coração batia com força, e uma voz no fundo de minha mente falou: *Você não devia deixá-lo fazer isso. Seu cabelo é sagrado.* Se era assim que eu me sentia em relação ao cabelo, então sexo seria um enorme problema.

— Você está constrangida? — ele murmurou.

— Não, estava pensando em outra coisa — respondi, antes de perceber que ficaria bem claro aquilo em que eu estava pensando.

— Cara, você usa uma tonelada destas coisas. — George estava com os grampos em uma das mãos.

— Acho que a minha irmã pôs uns a mais hoje de manhã, para me castigar.

— Ah, é? — Ele sorriu. — Por que ela quer castigar você?

Suspirei.

— Longa história. Em termos gerais, toda a minha família acha que eu estou sob a influência do demo.

George sorriu.

— Legal. — Tentei esconder como seu comentário irreverente soava mal para mim. Ele continuou a tirar os grampos, e meus cabelos se soltaram. Senti o peso da trança prestes a cair. — Lá vai o último. Tchãrã! — Ele puxou o grampo e meus cabelos caíram em um único cordão pesado, desenrolando sobre meus ombros. George sorriu, orgulhoso. — Seu cabelo é lindo — falou, depois me beijou levemente nos lábios, enquanto meus cabelos se espalhavam a nossa volta.

Na hora do almoço, meus irmãos e irmãs não ficaram felizes. Eu não tinha prendido os cabelos de volta.

Caspar me olhava como se eu fosse mesmo um animal e pudesse pular em cima dele a qualquer minuto. Hannan fez um elogio desajeitado:

— Seu cabelo é o que você tem de mais bonito. Não devia ficar mostrando para todo mundo.

Delvive disse:

— Eu me sinto mal por você.

E Mortimer falou:

— Dá um tempo...

Mas eu não prendi outra vez os cabelos. Mesmo sentindo um nó no estômago e os dedos dos pés lambidos por chamas invisíveis, que diziam: *Castley, Castley, você é má, má, má.*

É só cabelo!, eu queria gritar. Aquilo ia ser muito mais difícil do que eu havia imaginado.

Naquela noite, depois do estudo da escritura, papai nos manteve no lugar com uma das mãos levantada. Ele parecia exausto. Em minha mente, seu rosto dava a impressão de estar se desfazendo, separando-se em pedaços doentios: as sombras sob os olhos, o suor na testa, a gordura nos cabelos. Eu tinha ido ao primeiro ensaio da peça naquela tarde, e ele nem notara meu atraso. Mesmo com toda aquela história de *Deus está vendo*.

— Tenho rezado muito e intensamente — disse ele. — E, depois de conversar com Deus, percebi que posso ter sido precipitado em minha desconsideração do assunto de ontem. Eu não devia ter ignorado a visão de Castley.

Meu estômago deu um nó. Ele estava tentando associar o sonho ridículo que eu tivera com meu pedido de irmos ao jogo de boas-vindas. Era só um sonho. *Mas é uma coincidência estranha.*

— Na sexta-feira à noite, iremos todos ao jogo de boas-vindas, como uma família. Exceto sua mãe, que prefere ficar em casa.

Houve uma incômoda liberação de adrenalina no ar, ou talvez tenha sido apenas em mim. Caspar baixou a cabeça. Delvive ficou olhando com ar surpreso. Tive vontade de mostrar a língua para ela. *Quem está influenciada pelo diabo agora, hein? Papai disse que eu estava certa.* Embora talvez esse fato não me recomendasse tanto assim...

Eu estava tão entusiasmada com meu progresso que decidi forçar um pouquinho a barra. Depois da escola, na sexta-feira, fui falar com minha mãe.

A cabeceira da cama de meus pais era bonita. Tinha anjos entalhados na madeira, querubins, sempre de olhos erguidos para o céu. Mas, nos últimos anos, como tudo o mais em nossa casa, a madeira tinha criado um mofo penugento e leitoso. Para se livrar dele, papai passara água sanitária nos anjos. Agora eles estavam desbotados, esbranquiçados e rachados.

Quando entrei no quarto, minha mãe estava sentada sob os anjos alvejados, lendo atentamente o livro do Apocalipse de papai. Ela não levantou os olhos.

Caminhei silenciosamente até os pés da cama, esperando que seu olhar se levantasse para encontrar o meu.

— Mamãe? — Eu havia soltado os cabelos na escola outra vez, mas tornara a prendê-los depois do ensaio. Eu mesma fizera a trança, então ela parecia apressada e desmazelada. Delvive havia recusado o papel na peça.

Eu me sentei no baú aos pés da cama.

Mamãe virou a página.

— Castella, estou no meio da leitura.

Ela não tinha tempo para nenhum de nós, exceto para Caspar. Havia nos coberto de atenções quando crianças, mas, depois que crescemos, começou a nos olhar como se fôssemos criaturas estranhas e irritantes. Às vezes eu achava que talvez ela tivesse inveja de nós, mas vai ver era apenas um desejo de conferir sentido ao que não tinha.

— Eu só queria falar um minutinho com você — falei, passando o dedo pela madeira da cama.

Como viu que eu não desistiria de imediato, ela suspirou e baixou o livro, com uma grande exibição de impaciência. O que eu estava fazendo ali, afinal? Meu plano tinha sido sondar o terreno, tentar ver se seria possível convencê-la a fugir com todos nós e deixar papai sozinho com sua loucura. Mas como ela poderia fugir? Não conseguia nem andar.

— Você vai ao jogo de futebol conosco? — perguntei, embora já soubesse a resposta. Achei que talvez pudesse amolecê-la com um pouco de atenção. Ela me ignorava havia anos, é verdade, mas por acaso eu tinha me preocupado em procurá-la? Nunca. Fiquei na minha, porque achava que era a coisa certa a fazer.

— Não, Castella, eu não vou. O que você acha? Será que você me carregaria pelas arquibancadas, como uma pilha de lixo? — Minha mãe já havia sido bonita; era delicada como Mortimer e tinha o mesmo brilho mágico de Caspar. Mas ela era feia agora, por mais que me doesse dizer isso. Seu rosto era duro e contraído. O olhar, sempre mal-humorado e desconfiado. *É assim que você vai ser também, se ficar com papai.*

— A gente podia fazer isso. E não é como lixo, mamãe. Você não é lixo. O Caspar poderia carregar você. — Mexi na borda da colcha. — Ele gostaria de fazer isso.

— Eu não quero ir a um jogo de futebol. — Ela apertou a capa do livro. As veias muito azuis se destacaram sob o brilho pálido de sua pele. — Você acha que eu quero aparecer lá, diante de toda aquela gente horrível, para eles ficarem olhando para mim e meus filhos? Eu não quero ver aquela gente. Não quero ver nenhuma daquelas pessoas outra vez! Nunca mais! — Ela se inclinou para a frente na cama, cerrando os punhos. Depois tombou para trás, com uma careta. Seus lábios formaram um sorriso torto e o olho esquerdo tremeu. — Não pense que eu não vejo você, Castella. Não pense que todos nós não vemos você.

Meu rosto enrubesceu, e lembrei a mim mesma que aquilo era apenas uma tática. Essa era a tática, dela e de papai, para me fazer pensar que eles sabiam de alguma coisa, quando de fato não sabiam. *Eles não sabem. Não têm como saber.*

— Tudo bem, mamãe. Espero que você esteja feliz. — Comecei a me levantar, mas caí de volta com um sobressalto. Eu me vi, de repente, nela. Não em minha aparência exterior, mas por dentro, onde importava. Ela parecia minha alma, maltratada e deformada, com medo de se mover. E senti o terror me apertar, com dedos duros e quentes em volta de minha garganta.

— Como eu poderia estar feliz com meus filhos me atormentando tanto? — Ela pressionou os dedos contra a testa, e eles afundaram na pele flácida. — Ouça minhas palavras, Castella: essa sua ideia vai dar errado. Seu pai me alertou que está com receio de algum evento portentoso no ar esta noite. É estranho que você tenha visões de chamas e convide sua própria família para mergulhar no poço. Você não vai me roubar meu lugar no paraíso. Eu o conquistei!

Minhas faces queimavam. Minha boca tinha gosto de cinzas. *Ela está louca*, eu disse a mim mesma. *Está totalmente louca.*

Forcei-me a levantar do baú e cambaleei para fora do quarto, me sentindo completamente instável. Eu a ouvia gritando atrás de mim:

— Eu o conquistei! Pela minha vida! Eu o conquistei!

O mundo parecia estremecer, mas não fazia nenhum som.

Eu queria correr. Queria correr para o bosque e não voltar nunca mais. Que importava? Não havia saída. Mamãe jamais iria embora. Ela nunca deixaria tudo para trás. O paraíso era a única coisa a que ela se agarrava.

Lágrimas jorraram de mim, e eu corri. Corri e colidi com Hannan. Saltei para trás, meio descontrolada. Ele me segurou pelo pulso. Senti-o se torcer quando ele me puxou para mais perto.

— Me solta! Foi sem querer! Me solta!

Não era apenas Hannan. Senti outros corpos se aproximarem a minha volta: Delvive, Mortimer, Baby J e até Caspar, parecendo pouco à vontade.

Hannan puxou meu braço e o prendeu com força nas costas.

— Pare! — supliquei. Eu sentia a respiração de todos eles roubando o ar, seus corpos fechando o espaço. *Eles vão me matar*, pensei freneticamente. Eu não sabia mais do que estava com medo. Sentia medo de tudo.

— Hannan, solte a Castley — disse Caspar.

Ele me soltou com um empurrão. Eu bati na parede. Olhei para os cinco rostos. Pela primeira vez, entendi o que as pessoas da cidade queriam dizer quando falavam que nós tínhamos todos a mesma cara. Nossos traços eram diferentes, mas todos diziam o mesmo. *Olhos Cresswell*. Eu estava cercada. Presa contra a parede pelos irmãos e irmãs que eu supostamente tentava salvar.

— O que exatamente você está tramando, Castella? — perguntou Hannan.

— Como assim?

— Não se faça de boba — disse ele. Mortimer bufou em aprovação. — Toda essa merda sobre a peça e o jogo de futebol.

— Você não quer que a gente vá ao seu jogo?

— Não, não quero.

Eu ri, mas soou mais como um arquejo. Minhas mãos começavam a tremer, e eu as escondi no vestido.

— Então por que você joga?

— Pela mesma razão que eu faço qualquer coisa. Pela mesma razão que qualquer um de nós faz qualquer coisa. — Ele indicou com um gesto nossos irmãos e irmãs. — Porque Deus me pede para fazer. Eu jogo futebol para glorificar a Deus.

— Como quando você escapou com aquela líder de torcida? — perguntei. Ele recuou como se tivesse sido atingido por um soco. — E você,

Mortimer? — continuei pressionando, enquanto tentava ignorar como estava sendo má, como me sentia má. Meus nervos estavam em brasa. Eu estava queimando nas chamas. — Você beijou a Lisa Perez dentro do Túmulo, e isso foi só o começo. E você, Del, quer tenha consciência disso ou não, é bem evidente que tem algo acontecendo entre você e a Emily.

— Como você ousa sugerir uma coisa dessas, sua víbora? — Ela me empurrou com força contra a parede, mas eu mal senti. *Todos eles odeiam você. Todos eles. Era isso que você queria? É isso que você quer?*

Meu olhar recaiu sobre Jerusalem.

— E Baby J, escondendo todas as suas pinturas. Você tem uma voz e não usa. E você, Caspar. — Minha garganta se estreitou, e engoli em seco. — Não sei o que você está fazendo com a Amity. Mas deve ser bem ruim, se você acha que merece isso. — Minha mão trêmula indicou a queimadura que ia do pescoço ao umbigo.

— *Bode do inferno!* — Hannan interrompeu.

— O quê? — Fechei os olhos com força para não desmaiar.

— Eu disse vá pro inferno! — ele repetiu. — Tudo bem, nós cometemos erros. Todo mundo comete erros, Castella. Mas nos arrependemos deles. E é bom que você faça o mesmo. — Ele recuou e estendeu a mão, como se eu fosse uma parábola: "O diabo em ação". — Isso é exatamente o que o diabo faz. Ele tenta te destruir criando dúvidas, fendas na armadura, para você pensar que não merece a salvação.

— Eu não sou o diabo. Sou sua irmã. Estou tentando ajudar vocês — falei, embora eu mesma tivesse de admitir que não estava fazendo um bom trabalho. Eu deveria convencê-los de que papai era perigoso, não condená-los por supostos pecados.

— Você pode achar que é isso que está fazendo — Hannan continuou. — Mas está sob a influência de Satanás. Devia rezar e pedir perdão a Deus.

— Sim, é isso mesmo — Delvive concordou.

— Eu não fiz nada de errado!

Mortimer olhou para as próprias unhas.

— A gente devia trancá-la no Túmulo — falou, com um traço de riso na voz. — Acho que é isso que o papai ia querer.

Hannan sorriu.

— Sim.

— Não! — Apertei o peito. Achei que meu coração estaria batendo feito louco, mas parecia ter parado por completo. — Não, vocês não podem fazer isso. Nós vamos ao jogo de futebol.

— Isso é mais importante — disse Hannan. Suas mãos fortes envolveram meus ombros. Ele me olhou no fundo dos olhos. — Castley, você pode não perceber agora, mas nós estamos tentando te ajudar. Você precisa confiar em nós.

— Não! — Eu me soltei, mas esbarrei em algo sólido. Levantei os olhos e vi Caspar parado atrás de mim. *Graças a Deus. Caspar vai me salvar. Caspar vai parar com isso.*

— Eu levo ela — disse ele.

— Sim, eu vou com o Caspar! — falei, agarrando o braço dele com entusiasmo.

Ele pegou minha mão e a apertou, atrás de minhas costas, onde ninguém podia ver.

— Hannan, está quase na hora de você ir — Caspar lembrou. — Eu levo a Castley. Prometo.

Hannan pareceu hesitar, mas ninguém ousaria questionar Caspar. Caspar, o ressuscitado. Caspar, o melhor de todos nós.

Hannan concordou e Caspar me conduziu para fora da casa com uma expressão de concentração obstinada. Sorri para ele quando entramos no bosque, mas ele não retribuiu o sorriso.

CATORZE

Assim que saímos de vista da casa, tentei soltar a mão. Ele a segurou com mais força, então firmei os pés no chão e a puxei.

Ele continuou andando, com uma expressão de raiva no rosto bonito.

Forcei-me a engolir o nó na garganta.

— Aonde estamos indo?

— O que você falou para a mamãe? — Eu não soube dizer se a voz dele estava brava ou só baixa.

— Nada. — Puxei o ar, inquieta. — Só perguntei se ela queria ir ao jogo de futebol, e ela já partiu para o ataque. — Corri atrás dele. — Sabe, eu estou bem cansada de me acusarem de estar sob a influência do diabo o tempo todo.

Caspar meneou a cabeça.

— Você não devia ter ido incomodá-la.

— Obrigada pelo apoio.

Ele me lançou um olhar irritado.

— Castella, nossa mãe é uma pessoa muito infeliz.

— Eu sei.

— Não é sempre você no centro do mundo, sabia? — ele disparou.

Caspar nunca havia falado tão duramente comigo. Eu nem sabia se ele já tinha sido duro com alguém além de si mesmo.

— Eu não estava pensando em mim! — exclamei, correndo para acompanhar o passo dele. — Estava pensando em todos. Caspar, você não percebe? Nosso pai está louco. Ele nos machuca. Um dia ele pode ir longe demais e... *qualquer coisa* pode acontecer. Você não percebe? Qualquer coisa pode acontecer por acidente. Ou de propósito. Ele joga a palavra "Deus" para todo lado como uma arma, mas acho que não sabe muito sobre Deus. Ou sobre qualquer outra coisa. Ele usa o nome de Deus para ter poder.

Caspar seguiu a passos rápidos pelo bosque, que passava por nós em um caleidoscópio de cores.

— Precisamos sair daqui — falei. — Todos nós. Agora. Antes que seja tarde demais. — Minha voz soou fraca em meus ouvidos.

Ele se virou para me encarar. Sua expressão estava fechada.

— Castella, você sabe que eu não gosto de dizer a ninguém o que fazer. Acho que as pessoas devem tomar as próprias decisões. Tudo o que posso lhe falar é... — Ele inspirou fundo, um pouco trêmulo — ... das minhas próprias experiências. E eu sei que ultimamente tenho estado... *confuso*. — Uma de minhas estrelas estava entalhada na árvore ao lado dele, e Caspar levou o dedo até ela e traçou seus contornos. — Talvez eu tenha começado a questionar. Fiz coisas que sabia que estavam erradas, mas dizia a mim mesmo que estavam certas. Percebo agora que eu estava deixando o diabo influenciar meus pensamentos porque... porque era algo que eu queria. — Eu sabia que ele estava se referindo a Amity. — E eu ficava tentando me justificar. Tentei me convencer de que talvez, só dessa vez, o papai estivesse errado. Ou um pouquinho errado. Tentei contornar as regras. Disse a mim mesmo que era o destino, que era parte do plano de Deus. Mas percebo agora que isso foi errado.

— Mas outro dia você disse...

— Eu falei que *percebo agora que foi errado*. — Ele se deteve para respirar fundo, perigosamente. Parecia tão fascinante, um *guerreiro de Deus*, que teria sido fácil ceder, pegar sua mão e dizer: *Sim, sim, querido irmão! Eu estava perdida, mas agora me encontrei!*

Ele apoiou com delicadeza as mãos em meus ombros. Depois, engolindo em seco, as fez escorregar, os dedos deslizando por minha pele nua.

— Castella — disse timidamente. — Você está prometida para ser minha companheira eterna. E eu realmente espero que escolha viver de maneira que a faça digna disso. — Ele estendeu a mão e pegou uma mecha de meus cabelos entre os dedos, me observando com olhos tão abertos que eram como dois buracos rasgados em um céu azul. *É assim que é o paraíso*. Senti algo fluir por dentro de mim, jorrar dentro de mim, e me joguei de encontro a ele.

Acho que eu o beijei primeiro, embora tenha acontecido tão estupidamente que não posso ter certeza. Quando nossos lábios se tocaram, senti o corpo todo leve. Como se o paraíso fosse o gosto dos lábios dele, a pulsação em meu sangue e o apertar de algo pesado bem no fundo de mim. Senti seu corpo rijo e firme pressionado contra o meu. E o quis dentro de mim. Quis que ele desabasse sobre mim.

Ele me beijava como se estivesse tentando lutar contra mim, mas isso só o empurrava mais fundo, mais para o fundo de minha alma.

Caspar gemeu e me afastou, caindo para trás contra o tronco da árvore, de modo que minha estrela ficou acima de seu ombro esquerdo.

— Eu... — ele arfou e então parou, movendo o queixo como se tivesse se esquecido de que jeito falar.

Fui dominada pelo medo, subitamente, completamente. Tinha beijado meu próprio irmão. Era abominável, totalmente abominável. Era exatamente o que papai queria.

— Desculpe — falei, para ninguém, para mim mesma. — Desculpe.

Levantei a saia e corri. Caspar não correu atrás de mim. Meu coração queria que eu parasse, que me virasse e corresse de volta, que o envolvesse em meus braços e esquecesse deste mundo, que abraçasse com os olhos, o coração e os lábios um outro mundo melhor. *E seremos todos Cresswell, juntos no paraíso para sempre*. Mas achei que talvez fosse a voz do diabo. Começava a duvidar de que soubesse distinguir a diferença.

⌘

Fui para o anfiteatro primeiro, sem realmente pensar no que estava fazendo. Era para onde eu deveria ir, e talvez achasse que Caspar poderia estar lá.

Mas ele não estava. *Você precisa ir embora, você precisa ir embora. Tem de fugir antes que algo ruim — algo pior — aconteça.*

Estava começando a escurecer, e o anfiteatro estava de um azul estéril e sem sol. Contornei a lateral do palco, em direção ao alçapão. *Talvez você devesse descer para lá. Talvez devesse pedir perdão e voltar para eles, para ele.*

Mas isso seria errado. *Não, nada de errado, pare de dizer "errado" ou pensar em "errado". Não há mais bem ou mal. Como pode haver? Quando tudo é bom e mau ao mesmo tempo. Quando todos acreditam no contrário tão intensamente. O diabo não está em lugar nenhum até que as pessoas o ponham lá.*

Caí de joelhos no barro. Uni as mãos, como dois fios tentando captar uma corrente elétrica. Levantei-as acima da cabeça, mas não captei nada. O ar estava morto, árido. O mundo estava frio outra vez. *Como você queria que fosse.*

Você não pode mais ir para casa. Finalmente estava feito. O feitiço tinha sido quebrado. Aquilo que mais me amedrontava por fim tinha acontecido. Nenhum dos meus irmãos e irmãs me queria. Não do jeito certo. Eles achavam que eu era má. Nunca concordariam em ir embora. *Você pode simplesmente ir para casa. Vá para casa. Continue fingindo, sabendo que está vivendo uma mentira...*

Mas minha mente parou aí, porque nem isso eu poderia fazer mais.

Você não acredita. Finalmente admitiu. E é a pior coisa que já lhe aconteceu.

🖋

Saí do bosque. Fui para a cidade. O céu escurecia aos poucos, como uma cebola deixando suas camadas para trás. As ruas estavam pontilhadas de pessoas vestidas em tons de verde e azul. As cores da escola. Segui pela rua principal, com o vestido manchado de barro e os cabelos soltos e revoltos. As pessoas na rua me olhavam. Eu não era mais invisível, no exato momento em que queria ser.

Continuei andando até chegar ao The Chicken Shop. Havia uma escada na lateral que levava a um apartamento no segundo andar. Segurei no corrimão e me arrastei até o alto. Uma plaquinha na porta dizia "LAR, DOCE LAR", como se o próprio universo estivesse armando contra mim.

Não despertei até apertar a campainha. E então me dei conta do que estava fazendo, tarde demais. Eu parecia uma louca, mais ainda que de hábito, com os olhos marcados de lágrimas e o vestido com duas manchas escuras de barro sob os joelhos.

Tentava me ajeitar na janela lateral quando a porta se abriu.

— Ah... Oi. Desculpe.

Uma mulher estava parada a minha frente, com a mão no quadril, como se carregasse uma criança invisível. Uma mulher normal, de camiseta branca e jeans. Eu quase quis chorar, porque minha mãe poderia ter tido essa aparência, ela poderia ter sido assim se tivesse ficado do outro lado do bosque.

— Você está bem? — a mulher perguntou, com uma expressão confusa. — Precisa de ajuda? Quer que eu chame a polícia? — Enquanto falava, ela pressionou disfarçadamente a mão contra a tela da porta, como se tivesse medo de que eu pudesse forçar a entrada.

— Estou procurando... Desculpe, eu queria falar com o George. Ele é meu parceiro na aula de teatro.

Ela inclinou a cabeça lentamente, com os lábios apertados.

— O George está lá embaixo — admitiu, por fim. — Com os amigos. Eles vão ao jogo de boas-vindas na escola.

— Tudo bem. — Tentei fazer um gesto educado com cabeça, mas meu pescoço estava rígido. Eu me afastei dela cuidadosamente e desci outra vez as escadas.

Escapei para a ruazinha lateral e tentei me arrumar diante da vitrine de uma loja. Meus cabelos soltos tinham passado de extraordinários para desvairados. O rosto estava pálido, tenso, faminto. Havia profundos círculos escuros sob meus olhos. *Você parece uma louca.* Mas George não se importaria. George me ajudaria. George era uma pessoa legal, uma boa pessoa.

Ao cruzar a porta, meu olhar voou direto para ele. O sininho tocou sobre minha cabeça. George estava sentado no canto, acompanhado de um grande grupo da escola. Vi Lisa e Riva e todas as meninas daquele dia no Great American. *Você já enfrentou coisas piores que isso.* Trinquei os dentes.

Eu não iria fugir, não dessa vez. Já tinha fugido demais. Não queria fugir nunca mais.

Riva foi a primeira a me ver; ela estava sempre de olho em mim, sério mesmo, ou em mim ou em alguém como eu. Sua expressão chocada se transformou em um sorriso quando me aproximei.

— Meu Deus, é Carrie, a estranha! — ela exclamou.

Uma de suas amigas levantou os olhos e riu.

— Minha nossa. — Ela fez um som de desdém com o nariz. — Descrição perfeita.

Lisa fez anotações mentais, mas não falou nada, como de hábito. George olhou para as unhas.

— Desculpe — falei. Minha voz saiu fraca e rouca. Pigarreei e a ajustei. — Preciso falar com você.

— Ah, meu Deus, você engravidou a Cresswell?! — Riva perguntou.

Eu a atravessei com o olhar, mas mantive a compostura.

— É sobre a nossa cena no teatro.

— Ah, tudo bem. Legal. — Ele puxou a gola da camiseta e lançou um olhar rápido para os amigos. Todos observaram em silêncio enquanto ele me acompanhava em direção à saída.

Contornei a esquina, para uma área de estacionamento atrás do restaurante. Assim que chegamos lá, comecei a chorar. Eu sabia que não devia e que isso não ia me ajudar de modo algum, mas não consegui conter as lágrimas. Não solucei nem nada. Apenas mantive total silêncio enquanto meu rosto assumia uma expressão de choro. Então era como se parte de mim estivesse chorando, a parte que estava morrendo, enquanto o restante continuava como se nada houvesse.

— Desculpe. Eu não queria incomodar você, mas é muito importante.

O rosto dele estava pálido, exceto por duas manchas quase roxas que lhe surgiram nas bochechas.

— Hum, Cass... Eu não quero ser um babaca nem nada disso, mas acho que preciso dizer que não estou a fim de assumir uma namorada, entende? Estou só no nono ano. Ainda não me sinto pronto para nada sério.

A rejeição dele nem doeu. Eu estava entorpecida demais para senti-la. Queria lhe contar que a minha vida inteira estava desmoronando a minha volta, e tudo o que lhe importava, só o que ele tinha a dizer, era que não se sentia pronto para andar de mãos dadas na frente dos amigos.

Eu ri, mas meu riso soou duro e assustador. Ele deu um passo para trás, como se eu tivesse alguma doença contagiosa.

— George, eu não quero ser sua namorada. Eu só... só preciso de um lugar para ficar.

Isso serviu apenas para deixá-lo ainda mais nervoso. Ele ergueu as mãos e foi se afastando de costas em direção à rua principal.

— Bom, aqui não dá para você ficar. — Riu, como se aquilo fosse ridículo. — Você não pode ficar aqui com a minha família. Não temos quarto extra, e a minha mãe é muito exigente, sabe? Ela gosta de tudo certinho. Não acho que ia gostar de ter uma adolescente morando conosco. Desculpe. Mas ela é assim, meio louca. Não estou querendo ser um babaca nem nada. Mas não tenho mesmo como te ajudar com isso. Desculpe.

— Você pode parar de agir como se eu fosse um vírus? — disparei, cerrando os punhos. — Achei que você gostasse de mim.

— Eu gosto. — Ele esfregou o pescoço. — Eu gosto de você. — Eu podia perceber que aquilo era demais para ele. George era muito novo. Muito fraco. Muito mimado e seguro para entender o terror que eu sentia, o terror que sempre havia sentido. Ele riu, um riso nervoso. — Mas não para a gente de repente começar a morar juntos. Vai com calma, Cass. Nós somos adolescentes. Moramos com nossos pais.

— Eu não posso morar com meus pais — falei. — Então onde vou morar?

Ele se afastou, não só de corpo, mas também de espírito, e eu me perguntei por que teria começado a gostar dele. Ele não era nada. Era legal porque sua vida era legal, então era muito fácil para ele. Não lhe custava nada, não do jeito que custava para nós, para as pessoas que sofriam.

— Volte para a sua família, Castley. Tenho certeza que vai ficar tudo bem. Todos os pais são meio malucos, sabia? Todo mundo odeia os pais de vez em quando. Mas o seu lugar é com a sua família. Eu não quero, sabe... eu não quero atrapalhar isso. Não quero separar você da sua família.

Eu tinha vontade de gritar com ele. Queria lhe dizer que tinha sido tudo ideia dele, mas não era assim. Eu sabia que não. Eu o havia usado, usado suas palavras. Tinha dito a mim mesma que poderia contar com ele para que isso me encorajasse a fazer o que precisava ser feito. E, agora, eu tinha feito. E não precisava mais dele.

— Eu não vou mais voltar — eu disse. — Mas o que importa para você? Eu não preciso de você. Nem de ninguém. Não preciso de ninguém.

Por um segundo, a expressão dele se desarmou, como em admiração, e ele oscilou em minha direção. Porque era aí que eles mais queriam a gente e vinham nos procurar: quando sentiam que a gente era forte o bastante para viver sem eles.

Eu me virei e saí andando, passando pelos colegas que me espiavam através da janela, passando pelos postes de luz da rua principal, em direção à estrada e à escuridão.

Enquanto eu caminhava, a escuridão foi se acumulando cada vez mais acima de minha a cabeça, preenchendo com sombras as fendas do céu. A estrada estava deserta, exceto por um ou outro carro que passava tão depressa que eu sentia o ar voar através de mim, arrancando mais uma camada.

Não há Deus aí, eu me enfureci com o céu, desafiando-o a me provar o contrário. *Nenhum Deus, ninguém, ninguém para nos amar ou salvar. Precisamos salvar a nós mesmos.*

Conforme eu andava, meu corpo se enfraquecia. Foi enfraquecendo tão depressa que pensei estar de fato morrendo. Até que não consegui mais andar e desabei à margem da estrada, na beira do bosque, e apoiei o rosto entre as mãos.

Senhor, por que me abandonaste? Eu teria feito qualquer coisa para acreditar outra vez, para acreditar em algo além da escuridão, da estrada vazia que seguia sem fim. *Se não existe um paraíso afinal, se não há nada do outro lado, então eu gostaria de nunca ter estado aqui.*

Deitei de costas na terra, sentindo a sanidade escoar de mim como água, sem nenhum recipiente para contê-la. Dobrei os dedos e eles pareceram desaparecer. Eu me sentia flutuando, mantida no ar apenas pela dor.

Eu nem sequer existo, pensei. *Estou morta. Talvez tenha nascido morta, só que não percebi até agora.*

As estrelas ocuparam sua posição sobre minha cabeça, do mesmo jeito que sempre fizeram. Eu via minha constelação, amarrada a uma cadeira no céu.

— Não resista — avisei a ela. — Você fica melhor acorrentada. Sem as correntes, você não é nada. Está sozinha. Seria o mesmo que nem existir.

Se morrer não fosse uma ideia totalmente aterrorizante para mim, eu poderia ter acabado com tudo. Mas a morte era a única coisa que me parecia real. *Você poderia ter tido o paraíso. Poderia ter tido Caspar. Mas resolveu sair e parar de acreditar. Agora não pode mais nem encontrar segurança na ideia de um paraíso.*

Foi esse pensamento que me fez levantar, tão rápido que minha cabeça girou.

— Você não pode contar com o paraíso — eu disse em voz alta. E então me forcei a ficar em pé e cambalear em direção à estrada aberta. Porque, se eu não tinha o paraíso, isto aqui era tudo o que tinha. Tudo o que eu tinha era o agora. Este momento.

Duas luzes brilhantes surgiram de repente no escuro, aproximando-se velozmente de mim com uma certeza alucinante. *Mas eu não vou morrer. Ainda não.*

A caminhonete desviou, me evitando por pouco, e passou em velocidade. Prendi a respiração. Ouvi as rotações do motor diminuindo. A caminhonete parou a distância, fora da estrada.

— Ei! — uma voz soou na escuridão. — Ei, Castella! — Não reconheci a voz, mas ela me reconheceu.

Michael Endecott pôs a cabeça para fora da janela e fez sinal com a mão para eu me aproximar.

— O que você está fazendo aqui? Entre, entre. Eu te levo para casa. Ou para onde você precisar ir.

Avancei aos tropeços em direção a ele. Ainda estava confusa, mas, de alguma forma, me sentia mais leve. Sorri. Eu me sentia livre.

QUINZE

— *O que você estava fazendo ali no escuro daquele jeito, hein?* — Ele tentou me olhar nos olhos. Na penumbra, dirigindo a caminhonete, parecia o meu pai. — Você podia ter se matado.

Ajeitei o cinto de segurança.

— Eu estava tentando ver se existe um Deus.

Ele grunhiu e mudou a marcha do carro.

— Ah, é? E o que você viu?

Soltei o ar devagar.

— Não sei. Acho que talvez exista, mas não sei com certeza. E acho que não preciso saber.

Ele manteve os olhos na estrada.

— Para onde quer que eu te leve?

Olhei para o relógio no painel.

— Está quase na hora de começar — respondi. — Acho melhor eu ir ao jogo de boas-vindas na escola.

Ele franziu a testa.

— Toda a minha família vai, para ver o Hannan.

— Ah. — Ele assentiu com a cabeça, tentando esconder a surpresa. — Quer saber de uma coisa? Seu pai era quarterback no colégio. Aposto que você não sabia. — Levantou as sobrancelhas, como se achasse que eu ia ficar impressionada. — Ele era o garoto mais popular da escola.

Não pude me controlar.

— E aí, o que foi que aconteceu?

Ele ficou sério. Sua boca hesitou por um segundo antes de decidir o que falar.

— Nem sempre compreendemos as pessoas que amamos.

Eu não sabia o que responder, porque não achava que amava meu pai. Não mais. Às vezes o amor é como um feitiço em que as pessoas nos envolvem para nos impedir de vê-las como realmente são.

Ele soltou o ar.

— Não importa o que faça, ele sempre vai ser meu irmão.

Eu me endireitei no banco.

— O quê?

— Gabriel. Seu pai. Alguém deve ter te contado que eu sou seu tio.

— Por que *você* não me contou?

— Eu... — Ele pareceu pouco à vontade. — Eu achei que o seu irmão contaria.

Caspar?

— Que irmão?

— O Mortimer. Quando eu... sei que faz muito tempo, mas, quando eu o levei ao hospital, foi a primeira chance que tive de explicar tudo.

— Tudo o quê?

— Que vocês podem contar comigo. Todos vocês. Se precisarem de... *qualquer coisa.* Você precisa de alguma coisa?

Eu queria a ajuda dele, mas sabia que não podia pedir, não ainda. Se eu chegasse ao jogo de futebol com Michael Endecott, seu irmão, papai iria embora e levaria meus irmãos junto. Não, eu mesma precisava enfrentar meu pai.

Respirei fundo e tentei não parecer assustada.

— Não. Já é bom saber que você está aqui — falei. — É bom saber que alguém está. *Família.*

Eu esperava que Deus mantivesse meus irmãos e irmãs em segurança. Mas, se ele não o fizesse, eu faria.

Ouvi a multidão quando paramos no estacionamento. Os gritos ecoavam pelas arquibancadas, enchendo o céu noturno com uma atmosfera de espetáculo profano. Saí da caminhonete.

— É como se todas as estrelas estivessem aqui para assistir — comentei com Michael.

Ele se voltou para mim com um olhar estranho.

— Ei, escute, tem certeza que está bem? Tem certeza que não precisa da minha ajuda?

Toquei a fotografia dobrada em meu bolso.

— Você é o garoto na foto. O que está segurando o bebê. — O rosto dele ficou totalmente pálido. E percebi que ele não poderia me ajudar. Ele estava com muito medo do passado. Mas eu vivia dentro desse poço, conhecia o seu formato real, e só eu poderia sair do fundo dele. — Obrigada.

Fechei a porta da caminhonete e atravessei o estacionamento, contornando os carros o mais depressa possível. Em frente ao portão, vi Riva e seus amigos. George Gray estava mais afastado, conversando com Katie Leslie. Ele estremeceu quando me viu. *Ah, dá um tempo.*

— Ei, Cresswell! — Riva chamou. — Por que você não está de branco?! Seus irmãos e irmãs estão todos lá dentro! Vocês vão fazer um batismo no intervalo do jogo?!

— Não é engraçado que *eu* seja a esquisita quando *vocês todos* assassinaram um bode inocente? — Ofereci a Riva meu sorriso mais sinistro. — Não sei se acredito em inferno, mas, para vocês, vou abrir uma exceção. — Meu olhar atravessou George Gray. *Você também, parceiro.*

Ela só ficou me olhando, boquiaberta, enquanto eu passava. No momento em que cheguei ao portão, ela recuperou a voz e gritou:

— Esquisita!

Eu me virei para ela e encarei sua cara horrível de adolescente.

— Riva, Riva, estou me lixando para o que você pensa. — Dei meia-volta, lançando os cabelos para trás e fazendo-os chicotear como chamas, e atravessei o portão em direção ao meio do tumulto, para encontrar minha família.

Parei no alto das arquibancadas, me preparando para descer por entre a confusão. Todo o público estava espalhado abaixo de mim, em degraus que lembravam o anfiteatro. *Eles estão aqui para testemunhar o sacrifício*, pensei e estremeci.

O jogo já havia começado. Vi Hannan no campo, um furacão de energia, e parei para admirá-lo. Então meus olhos encontraram minha família. Eles eram fáceis de avistar. Estavam todos reunidos na primeira fila, vestidos de branco. Comecei a descer.

— Castley! Espere!

Eu me virei e vi George Gray correndo em minha direção. Ele parou na minha frente, ofegante.

— Oi — disse, massageando o peito. — Olha, desculpa pelo que aconteceu mais cedo. Quer dizer, eu sei que fui meio imbecil, mas você me assustou, chegando daquele jeito. Sabe, todo mundo briga com a família de vez em quando, e eu não quero causar nenhum rompimento.

Olhei para seus lábios entreabertos em uma expressão estúpida e senti repulsa. *Não posso acreditar que beijei isso.*

— Não se preocupe — respondi. — Você só não entende. Só isso.

E o deixei ali. Porque isso era tudo o que eu tinha a dizer. Era tudo o que *podia* dizer. Ele tinha sorte de não entender, e eu esperava que continuasse assim.

Desci devagar pelas arquibancadas em direção a minha família. Eu os via assistindo ao jogo, os olhares de tempos em tempos se voltando em um gesto nervoso para nosso pai, que se concentrava intensamente no campo, como se controlasse o resultado ali também.

Parei no corredor e os acompanhei por um momento com o olhar. Tudo o que eu sentia era amor. Caspar virou primeiro, e seus olhos encontraram os meus. E, pela primeira vez, pude enxergar o medo e a desesperança que moravam neles. Era como se meus próprios olhos tivessem sido lavados e eu estivesse vendo com clareza, por fim.

Sentei no lugar vago ao lado de Jerusalem.

— Castella — ela disse, surpresa. Segurei sua mão. Todos eles se viraram ao mesmo tempo, todos os olhos voltados para Jerusalem, depois para mim, mas ninguém disse uma palavra. Papai só sorriu e se virou de novo para o jogo. Ele tinha as mãos unidas à sua frente, como se estivesse em oração.

Assistimos em silêncio. Vimos o outro time errar e vimos Hannan marcar um touchdown. Mas nenhuma vez batemos palmas ou gritamos. Porque o jogo não significava nada; era apenas algo para fazer. Mais uma maneira de roubar tempo dos vivos em placares e batalhas entre bem e mal.

Eu estava assistindo ao jogo quando ele começou a murmurar um som contínuo. Eu me virei e vi sua cabeça cair entre os braços, como a de um fantoche. Por um segundo pensei que ele estivesse morrendo, e meu coração deu um pulo de alívio, antes de ser atingido por uma enxurrada de culpa. Ele começou a oscilar.

As pessoas à nossa volta silenciaram primeiro. O silêncio se espalhou em um círculo que se tornava cada vez mais amplo, até que o único som eram os meninos no campo e o terrível murmúrio de papai.

Ele balançava para a frente e para trás sobre os calcanhares, com os olhos fechados, os braços apertados, movendo-se cada vez mais depressa. Tão depressa que eu estava certa de que iria cair, ter um surto, enlouquecer e perder a razão de vez.

E então ele parou. A multidão estava em silêncio. E ele abriu os olhos.

— O momento é agora — sussurrou. E se levantou. E, como os fantoches que eram, todos se levantaram com ele. Exceto Caspar e eu. Nossos olhares se encontraram na multidão silenciosa.

Papai pegou Baby J, depois Caspar, puxando-o do assento. E então correu, arrastando-os pela passagem que se abrira em meio ao público. Mortimer e Delvive seguiram aos tropeços, correndo atrás de papai degraus acima, entre os "ooohs" e "aaahs" dirigidos pela multidão aos meninos em campo.

Apressei-me atrás deles, subindo os degraus de dois em dois. E, mesmo assim, mal conseguia acompanhá-los. Via a expressão intrigada das pessoas, mas dessa vez não me importei, não fiquei com raiva. Eu só sentia medo.

Nada mais importa, pensei. *Nada importa a não ser salvá-los.*

Atravessamos o estacionamento correndo, desviando pelo meio dos carros. Eu estava suando. Minhas pernas cansadas cambaleavam, mas continuei em frente, continuei e não disse nada, até chegarmos à caminhonete.

— Venham, crianças — papai disse. — Precisamos ir agora. Chegou a hora. Não é seguro para nós aqui. — Seus olhos passaram pelos meus, me testando.

Havia gente no estacionamento; não estávamos apenas nós ali. Ele sabia disso também. Não podia nos forçar a ir, mas não precisou disso. Mortimer e Delvive se apertaram no banco da frente. Eu não tinha como impedi-los. Precisava ir com eles, mas não todos eles.

— Espere! — falei. Ele entortou a boca. — Precisamos pegar o Hannan! Não podemos deixá-lo aqui!

— Hannan virá depois.

— Não. Ele pode não saber onde nos encontrar. — Segurei o braço de Caspar e o afastei de papai. — O Caspar vai buscá-lo. Está quase no intervalo, então eles vão para o vestiário. Tem que ser o Caspar.

Os olhos de papai oscilaram, mas ele sabia que podia confiar em Caspar. Sabia que Caspar ia voltar.

— Não podermos deixar o Hannan — insisti. — Precisamos ir juntos. *Todos* nós.

— Você tem toda razão — papai disse, levantando Jerusalem até a carroceria. — Vá. Traga-o para casa. Estaremos esperando lá. — Papai contornou a caminhonete.

Apertei a mão de Caspar com tanta força que senti a ponta de minhas unhas se enfiando na palma suada.

— Vá, Caspar. Vá e não volte.

Ele me olhou, franzindo a testa.

— Não se faça de bobo comigo. Você sabe do que eu estou falando. Não é seguro especialmente para você, que está tão confuso. Você não tem condições de decidir sozinho agora, então vou decidir por você. Vá embora. Afaste-se de nós e decida por si mesmo o que é verdade.

— Castley. Não.

Virei a cabeça quando ouvi o ruído do motor.

— Eu preciso que você vá, Caspar, por favor. Não posso confiar que você tome a decisão certa. E não posso confiar que eu não vá seguir o que você fizer. — Soltei sua mão. Recuei, afastando-me dele. — Você é o melhor de nós. Lembre-se disso.

— Não. — Ele balançou a cabeça. — Sempre foi você.

Eu queria correr para ele, correr com ele, mas me forcei a ficar. Queria que pelo menos ele escapasse. Queria que pelo menos Caspar ficasse seguro.

— Eu consigo lidar com isso. Vá. — Levantei a voz. — Anda, Caspar! Vá agora. Corra antes que seja tarde demais. — Subi na carroceria da caminhonete com Jerusalem e a abracei. — Depressa! Antes que seja tarde demais!

Caspar mordeu o lábio, pensando. Eu sabia que ele não queria nos deixar, nem por um momento. E sabia que ele não fugiria, não iria escapar, mesmo eu querendo que ele fizesse isso. Ele voltaria para nós. Eu sabia que não poderia impedi-lo.

Sorri. E ele fez um gesto de entendimento com a cabeça, com os punhos cerrados ao longo do corpo, como o único e último guerreiro de Deus. Tudo o que eu precisava fazer era segurar papai por um tempo, e Caspar viria para nos salvar.

Apertei Jerusalem com mais força quando a caminhonete começou a se mover, e Caspar se virou e correu para a escuridão.

*

Eu me segurei às correias na traseira da caminhonete enquanto ela sacolejava pela estrada. Baby J se agarrava a mim, choramingando baixinho.

— Nós vamos ficar bem, não vamos, Castley? — Sua voz era rouca, danificada, quase empoeirada pela falta de uso. Ela estava falando outra vez. Não era tarde demais para ela. Não era tarde demais para nenhum de nós. — Você não tem medo do paraíso, tem?

— Não — respondi, afagando seus cabelos. — Eu não tenho medo de nada.

E achei que não tinha mesmo, até que passamos reto pela curva que levava a nossa casa.

— Vá um pouquinho para o lado — pedi a Jerusalem. Ela se moveu, e eu me inclinei para a frente e bati na janela traseira. Delvive a abriu para mim. O rosto dela estava branco como papel.

— Aonde estamos indo? — Tentei engolir o medo que subia como um balão pela minha garganta, expandindo-se dentro da cabeça até parecer pressionar o fundo dos olhos. — A gente não ia para casa? Você disse para o Caspar ir para casa.

— Eu mesmo vou buscar Caspar — papai respondeu. — Não é seguro para vocês lá.

— Para onde o senhor está nos levando?

— Para os Aposentos de Deus. — Ele manteve os olhos à frente, de modo que eu só via sua cabeça de costas, transformada em uma silhueta escura sob o efeito das luzes dos faróis. — De lá — disse ele, com uma voz agradável —, iremos diretamente para o céu. E tudo isso estará acabado.

Quase sufoquei com o susto. Senti os músculos amolecerem, mas abracei Baby J, segurando-a com força junto ao peito enquanto ela tremia em minhas mãos.

Quando paramos no estacionamento abaixo do anfiteatro, percebi que aquela era minha chance de fugir. Eu poderia largar a mão de Baby J e correr para o bosque. Tive a sensação de que papai me deixaria ir para não perder os outros, mas não corri. Segurei mais firme a mão de minha irmã. Porque família é a coisa mais importante do mundo, e eu iria salvar a minha.

Seguimos papai subindo a trilha e para dentro do anfiteatro. Caminhávamos em ordem de idade, como havíamos sido ensinados a fazer.

Se não encontrar uma saída, este pode ser o último lugar por onde você anda nesta terra.

Contei as estrelas enquanto passávamos. *Uma, duas, três, quatro, cinco* — e perdi a conta. Então olhei para o céu. *Talvez esta noite você vá entalhar estrelas no céu. Talvez, em vez de talhos em uma árvore, esteja fazendo cicatrizes na eternidade.*

Eu me sentia vazia, envolvida em pânico, quando chegamos aos degraus de pedra do anfiteatro. Seguimos papai até o alçapão e ficamos olhando enquanto ele se curvava para destrancá-lo. Baby J se agarrou a minha mão outra vez, e Delvive segurou a outra.

Ficamos para trás enquanto papai abria o Túmulo.

— Desçam e esperem. Vou voltar com os outros.

Tentei atrair seu olhar, mas ele estava muito distante. Mastigava o ar com uma insistência nervosa, como um rato mascando um cabo elétrico. Seus olhos tinham uma espécie de hipnotismo atordoado, e eu soube que não poderia vencê-lo. Não poderia vencê-lo porque ele acreditava em tudo aquilo. Era tão real para ele quanto era mentira para mim.

Mortimer deslizou pela abertura; ele já tinha feito isso uma dúzia de vezes antes. Era uma calha estreita, pedregosa e claustrofóbica. Eu sabia que nem Del nem Jerusalem estavam ansiosas para entrar, então fui na frente.

— Obrigada, papai — falei, sentando-me e deslizando pela entrada. Meus pés ficaram pendurados no ar e fechei os olhos, confiando que o chão, qualquer que fosse, me amparasse. Baixei o corpo e escorreguei pela passagem, tentando ignorar o pensamento de que estava me enterrando viva. *Nós vamos sair daqui*, pensei, mas era difícil acreditar nisso ali embaixo, em uma caverna tão escura que eu mal podia enxergar meus próprios dedos.

Ouvi um chiado, e uma luz se abriu dentro da caverna. Eu pretendia esperar Jerusalem, para garantir que ela descesse em segurança, mas, quando a luz iluminou as paredes, esqueci tudo.

Elas estavam cobertas de pinturas delirantes, desenhadas com uma tinta vermelha que parecia sangue: cabeças sem corpo, estrelas e monstros de rosto, braços e dentes ferozes.

— Quem pintou isso? — perguntei a Mortimer.

Ele deu de ombros.

— Deus.

Membros empilhados. Homens de braços amarrados e espadas nos ombros. Crianças encharcadas de sangue. *É assim dentro da cabeça do meu pai.*

Del desceu em seguida e ajudou Jerusalem a entrar na caverna. Jerusalem pareceu a mais chocada com as violentas obras de arte. Seus olhos se arregalaram, e ela se agarrou ao vestido branco de Delvive. Todos demos um pulo quando a porta se fechou sobre nós, exceto Mortimer, que se sentou em um canto e se pôs à vontade.

O chão era inclinado, de modo que o teto ficava perto ou longe, dependendo de onde se estava. Não havia nada lá dentro, exceto a lamparina a gás e um baú de madeira enfiado no canto mais distante e mais escuro.

Tive vontade de segurar a mão de Jerusalem outra vez, mas me lembrei de ser forte e me segurei em meu próprio vestido.

— O que é aquilo? — Apontei para o baú.

Mortimer ergueu a cabeça.

— Não sei. Está trancado.

Caminhei naquela direção.

— Você nunca tentou abrir?

— Não faça isso, Castley — ele avisou.

— Por que não?

— É amaldiçoado. O papai disse que quem abrir morre na hora. — Ele falava sério. Nunca o havia aberto. Nunca olhara dentro. Ele ainda acreditava em magia, até mesmo em magia negra. — Fique sentada. Espere o papai.

— Esperar para quê? — Minha voz ecoou na caverna, e o teto pareceu tremer. Baby J se agarrou com mais força em Delvive. — Esperar para morrer?

Jerusalem choramingou.

— Castley, pare com isso — Del me repreendeu.

— Desculpe, Del, mas você sabe de algum outro caminho para o paraíso?

Ela afagou os cabelos de Jerusalem

— Pare, Cass, você está assustando a Jerusalem.

— Ela tem motivo para estar assustada! Todos nós devíamos estar apavorados neste momento! — Olhei para Mortimer, que desviou o olhar. — É isso que você quer, não é? O que foi mesmo que você disse? "O beijo dela tinha gosto de morte"? Então você está com sorte, colega, porque aquilo foram só as preliminares.

— Eu não me importo — ele resmungou. Quando se virou para mim, seus olhos estavam brilhando.

— Você quer morrer?

— Por que não? — Deu de ombros, como se fosse algo divertido a fazer no fim de semana. Depois levantou o pé e começou a raspar a lama acumulada nas ranhuras de borracha da sola do tênis.

— Mas... — Olhei para Delvive.

Ela encolheu os ombros, parecendo querer expulsar meu olhar.

— Pelo que a gente sabe, o paraíso deve ser um lugar melhor

— E se não for? — Eles se entreolharam com nervosismo. — E se for pior e não pudermos mais voltar?

— Muito bem, Castley — Mortimer revidou. — Você sabe que isso é basicamente sacrilégio, não?

— O papai diz que é melhor — Delvive declarou.

— O papai diz um monte de bobagens.

Ela soltou uma exclamação de susto, e os olhos de Baby J praticamente se projetaram das órbitas.

— Vocês não acham que é *conveniente* que Deus nos queira agora, antes que qualquer um de nós possa fazer dezoito anos e sair de casa? Ou que estejamos todos destinados a nos casar uns com os outros, para nunca podermos chegar perto de mais ninguém? Ou que ele nunca tenha nos contado que Michael Endecott é nosso tio?

Mortimer baixou o pé com força e se endireitou.

— Isso não é verdade! É mentira!

— Você sabia — falei. — Ele te contou. É por isso que você pôs fogo na frente da casa dele, por isso ficou tão bravo por Caspar estar saindo com a Amity. Teve medo que ele descobrisse que você estava mentindo o tempo todo.

— É tudo mentira. Ele inventou isso para nos enganar.

— Por que ele faria isso? Que vantagem ele teria em dizer que é nosso tio?

— Ele é um agente do diabo — Mortimer declamou, sem emoção aparente. — Quer separar a nossa família.

— Sinceramente, você acha que o mundo e todas as pessoas nele são um teste preparado para promover nosso aperfeiçoamento pessoal? Não acha que isso é incrivelmente egocêntrico?

— Não. — Mortimer deu um sorriso irônico.

— Se você sabia que ele era nosso tio, por que não nos contou?

Ele passou os dedos pelos cabelos, traindo a própria agitação.

— Talvez eu não queira viver como os outros. Talvez eu não queira ser sobrinho de Michael Endecott. Talvez eu realmente queira morrer. — Os olhos dele encontraram os meus, e a luz pareceu obscurecer.

— Mas por quê?

— Por que não? — Ele se inclinou para a frente outra vez, puxou os tênis e continuou a tirar o barro das ranhuras.

O baú amaldiçoado estava no canto, enfiado nas sombras. Havia estado ali todo o tempo, mas ninguém tinha ousado olhar dentro dele. Até agora.

Caminhei até a grade de esgoto e observei o jeito estranho como o céu noturno se escondia atrás das árvores. As sombras doentias se infiltravam pelas frestas. O céu, com sua multidão de estrelas, era maior que tudo e, no entanto, se mantinha a distância, com suas intenções ocultas. *Por que não?*, pensei. *Por que não viver?*

— Ah, meu Deus! — Levei a mão à boca.

— Pare de dizer "ah-meu-*você-sabe-o-quê*" — Mortimer me repreendeu, levantando.

— Tem alguém ali. — Apontei através da grade. Recuei para as sombras, e o teto baixou sobre mim.

Mortimer espiou com cuidado pela grade.

— Onde?

— Eu vi os pés, os sapatos. Era uma sandália cor-de-rosa. — Descrevi um sapato que já tinha visto Lisa usar.

O teto raspou o alto de minha cabeça e eu curvei os ombros. Podia ver Del e Jerusalem encurraladas, se agarrando ao tecido amassado dos vestidos misturados.

— Uma sandália cor-de-rosa? — Mortimer respirou fundo, prendeu os dedos na grade e ficou na ponta dos pés.

Eu me abaixei. Com as mãos nas costas, deslizei os dedos pelo metal enferrujado do cadeado de combinação.

O número sete, três vezes. Pelo menos papai mantinha um padrão. O cadeado abriu com um clique, e eu o puxei e deslizei a barra na alça. Virei-me, posicionei as mãos nos dois cantos e joguei a tampa para trás.

Não pude suprimir o grito sufocado que me escapou dos lábios. Não pude porque nem em meus sonhos mais loucos e sombrios eu teria imaginado aquilo. Havia objetos longos e finos, lisos e brancos como ossos. Porque eram ossos, pequenos ossos de criança, meticulosamente alvejados, provavelmente com um frasco do alvejante que usávamos em casa.

Eram os ossos de Caspar. Meu irmão mais velho, em uma pilha, em pedaços, e, entre os pedaços, havia algo fino e prateado: a arma que nos juntaria a ele na vida após a morte.

DEZESSEIS

— Castley, como você pôde fazer isso? — Mortimer fez um movimento em minha direção, mas parou, contido por algum encantamento.

Enfiei a mão entre os ossos e levantei a espingarda. Era pesada para mim — peso morto —, e usei ambas as mãos, trêmulas, para segurá-la, virá-la e apontar para meu irmão.

Meu coração pulsava dentro do crânio. Esqueci como o teto era baixo e bati a cabeça.

— Era isso que você queria, certo, irmãozinho? — Minhas mãos tremiam descontroladamente. A arma era pesada, mais pesada do que eu jamais imaginara que uma arma poderia ser. Parecia falsa e real ao mesmo tempo, como se o mundo inteiro estivesse colidindo em um único ponto insano.

Mortimer deu um pulo para trás.

— Caramba, Castley! Não brinque com isso! Você não sabe o que está fazendo. Pode disparar por acidente.

— Mas não era isso que você queria? — Vi a boca da espingarda dançar e parecer cintilar. E se ela disparasse? E se disparasse e eu atirasse em Mortimer? Apontei a arma para o chão, mas ela não parava de sacudir.

— Se você não se importa, eu prefiro deixar isso para alguém com uma mira um pouco melhor — Mortimer brincou, mas sua voz tremeu.

Ele estava apavorado, com medo de morrer. Isso era tudo o que eu queria provar. *Largue a arma.*

A espingarda parecia viva em minhas mãos, como se sempre tivesse estado ali, só esperando. A arma era o medo, e eu a tinha nas mãos.

Puxei o gatilho. Diante de mim, algumas das pinturas de papai estouraram, abrindo um buraco na terra que se alargava mais e mais, empilhando-se em uma pirâmide no chão.

— Que merda você está fazendo? — Mortimer disse.

— Vou m-me l-l-livrar de todas as b-balas. — Minha voz pipocava como bolhas. Reposicionei a espingarda e atirei de novo.

O buraco na parede desmoronou. Como era mesmo que o papai dizia? Que os Aposentos de Deus levavam diretamente ao paraíso. Imaginei a parede desabando, o paraíso se abrindo por trás dela, como se o mundo todo fosse só uma ilusão. Como se eu pudesse explodi-lo inteiro.

— Castley! Pare com isso, sua idiota! A bala pode ricochetear! Você pode causar uma avalanche e nos enterrar vivos.

Meu coração deu um soluço. Cambaleei em direção à entrada, como se estivesse em um sonho. A arma parecia mais leve agora. Eu a levantei nas mãos, fazendo-a flutuar em direção ao teto. *Esta é a coisa certa*, minha mente dizia. *É a coisa certa, mas parece errado.*

Del e Jerusalem se encolhiam no canto. Para pessoas que estavam tão dispostas a morrer, elas certamente não demonstravam muito entusiasmo ante a destruição.

Subi pela calha. A terra escorregava sob mim. Não havia chão sólido. Enfiei os cotovelos na terra para dar apoio e mirei a porta do alçapão.

— Castley! Se essa bala ricochetear, você vai se matar!

O mundo explodiu, empilhando-se sobre meus ombros em forma de terra morna. Queimava meus olhos, secava minha boca, enterrava minhas mãos.

— Sua idiota! Sua idiota de merda! — A mão de Mortimer agarrou meu ombro e me puxou. A terra veio atrás, enchendo o espaço onde eu havia estado. Ele arrancou a arma de meus dedos suados. — Olhe o que você fez.

Pisquei, olhando atordoada para a terra que descia pela calha. A passagem não existia mais. Não havia saída. Eu tinha nos enterrado vivos.

— Meu Deus — Delvive blasfemou.

— Tudo bem! — gritei. — Nós podemos cavar. Podemos abrir uma saída cavando. — Eu me joguei na terra, cavando como um cachorro, mas mais terra descia, enchendo qualquer espaço que eu criasse.

— O teto inteiro vai desabar! — Mortimer me segurou com os dois braços e me arrastou para o outro lado da caverna, onde me largou em um canto como uma boneca.

Eu sentia meus pulmões se fechando, expandindo e se fechando. Claro que era demais para mim. Claro que, em algum ponto, tudo seria demais.

— Eu não quero morrer! — Agarrei-me à ponta da camisa de Mortimer e pressionei o tecido fino contra o rosto. — Por favor! Eu só quero sair daqui. Não quero morrer!

Ele me abraçou e me balançou carinhosamente de um lado para outro.

— Pois não parece muito, Castley. Caramba, você quase matou todos nós.

— Mas é isso que você quer. É o que todos vocês querem. Não é isso que você quer? — Olhei para o rosto dele. Podia ver quanto ele estava vivo, como se nunca tivesse estado antes. Seu coração batia acelerado sob as fibras da pele, em seus nervos. O sangue pulsava, quente, nas faces.

A calha estava obstruída. A porta do alçapão, bloqueada. Mas, mesmo sabendo que não tínhamos saída, estar nos braços de meu irmão fazia com que eu me sentisse mais segura do que nunca.

🍃

Os ponteiros do relógio estavam correndo em algum lugar, mas, sob o solo, o tempo havia parado. Depois que ficou claro que eu não pegaria a espingarda de novo, Del e Jerusalem vieram sentar a nosso lado. Unimos as mãos, não todos ao mesmo tempo, mas gradualmente, então eu não notei até que já tivesse acontecido.

— Tem ossos lá dentro — falei.

— O quê?

Eu me levantei, soltando as mãos deles. Voltei para o baú. Os ossos estavam lá, exatamente como antes, exatamente como haviam estado por mais de uma década. Respirei fundo, pus a mão lá dentro e peguei o crânio de meu irmão mais velho. *Isso não é real*, comecei a dizer a mim mesma, mas me forcei a parar.

— Isso é real — eu disse em voz alta. — Tudo é real. — Levantei o crânio na luz para que eles pudessem ver.

A pele de Mortimer ficou transparente. Baby J gritou e se agarrou a Delvive.

— O que é isso? — Delvive perguntou. Havia força em seu rosto e, ao menos daquela vez, foi como se eu estivesse me vendo refletida no espelho.

— É o Caspar. O verdadeiro Caspar.

— Mas se ele tivesse ressuscitado...

— Teria ficado com o corpo. — Pus o crânio de volta. Tentei ser cuidadosa, mas ele caiu de minha mão e fez com que os ossos no baú chacoalhassem.

— Será que... — Mortimer começou, mas não terminou.

— Tem mais uma coisa. É algo que não mostrei para vocês. — Enfiei a mão no bolso, puxei a fotografia e a abri. As dobras convergiam sobre a cabeça do bebê como um retículo de mira. Passei-a para Mortimer primeiro.

A expressão dele ficou tensa, como se estivesse tentando mudar o que via.

— O que é isso?

Delvive deslizou para mais perto, puxando Baby J.

— Esse é o papai — disse Del.

— E essa é a mamãe. E esse é Michael Endecott — expliquei. — E esse é o Caspar.

Mortimer devolveu a fotografia.

— O que aconteceu?

— Foi o que eu me perguntei também.

— Não entendo como ele pode estar tão diferente.

Eu também não tinha entendido. Mas, de repente, no escuro da caverna, no escuro da noite, entendi.

— Ele escolheu assim — falei. — Ele era de um jeito, depois decidiu mudar. Olhem para ele. — Levantei a foto, porque achei que não era justo eles terem parado de olhar quando ficou mais difícil. — Ele tinha tudo. Eram lindos, os dois. O Michael disse que o papai era o garoto mais popular da escola.

Mortimer fez um muxoxo.

— Não dá para imaginar isso.

— Ele podia ter seguido para algo melhor. Podia ter sido qualquer coisa, mas escolheu isto. *Ele* escolheu isto. Nós não precisamos fazer a mesma escolha.

— Já está escolhido para nós — Mortimer insistiu.

— Não, você não percebe? Esta foto prova que não é assim. — Segurei a mão de Mortimer, porque sentia algo desabrochando com tanta intensidade dentro de mim que precisava de mais espaço, precisava que crescesse no coração dele também. — Você pode ser o que quiser. Pode ser um defunto, se quiser. Ou pode ser outra coisa, algo que ainda nem consegue imaginar, porque ninguém jamais lhe deu livre escolha. Você ainda nem sabe quem é, então como pode morrer? Precisa existir primeiro, e você pode fazer isso, Mortimer. *Você pode existir.* — Nossos olhares se encontraram por um momento, e algo se passou entre nós, algo denso e mais profundo que sangue. — Morty, você conhece este lugar melhor que qualquer um de nós. — Olhei em volta da caverna perdida em escuridão. — Tem alguma outra saída?

Ele respirou fundo e balançou a cabeça.

— Não.

— E se nós atirássemos na grade?

Ele revirou os olhos.

— É de metal. A bala ia ricochetear. Poderia causar mais uma avalanche.

— Certo. O que você acha que a gente pode fazer?

— Rezar — disse Mortimer.

Talvez ele estivesse brincando, mas Jerusalem se aproximou mais.

— Sim, vamos rezar. Vamos rezar e talvez Deus nos tire daqui.

Meu coração se apertou. Queria explicar a ela que Deus não trabalhava desse jeito, que papai estava errado, sobre isso especialmente, mas apenas levantei as mãos em prece e me ajoelhei. Os outros me acompanharam.

— Quem quer fazer a oração? — perguntou Del.

— Eu faço — ofereci-me. A chama da lamparina a gás tremulou, e as pinturas nas paredes pareceram faiscar. O ar era denso, pesado. Quando fechei os olhos, achei que conseguia ouvir nossas respirações através da grade, longe, dispersando-se entre as estrelas. — Querido Deus, em primeiro lugar, queremos agradecer por tudo o que o senhor nos deu. Queremos agradecer por nos ter dado uns aos outros, porque, mesmo quando as coisas estão ruins, muito ruins mesmo, nós ainda estamos juntos, e isso nos faz sentir seguros. Queremos agradecer por nos dar um cérebro para pensar e um corpo para agir. Eu sei que o senhor ajuda os que ajudam a si mesmos, e estamos prontos para nos ajudar, para usar nosso cérebro e nosso corpo e sair desta situação. Amém.

Mortimer me deu uma olhada como se dissesse: *Que tipo de oração é essa?* Mas não reclamou.

A luz tremeluziu. A lamparina rangeu.

— O que vamos fazer? — Del perguntou.

Minhas mãos tinham parado de tremer. Eu as enrolei com força, apertando os dedos.

— Temos que esperar. Vamos esperar o papai.

🜂

Ouvíamos tudo dentro da caverna. Cada pio e uivo e som noturno. Sob o chão, o mundo todo se erguia como um planeta fantasma.

Horas devem ter se passado, mas eu não sentia pressa. Só um medo crescente, o Grande Desconhecido concentrado. Ele estava vindo. O que iríamos fazer quando chegasse? O que *ele* iria fazer? E se não conseguíssemos escapar? E se fosse tarde demais? Como seria o Fim? Como seria morrer?

O único pensamento a que eu podia me agarrar envolvia Caspar. Não que ele nos ajudaria a escapar, mas que ele estava seguro. Devia estar. A menos que tivesse ido para casa. A menos que fosse por isso que eles estivessem demorando, enquanto o tempo congelava e fugia.

Talvez ele tenha ido até a polícia. Talvez tenha voltado com eles para casa. Talvez eles tenham prendido o papai e logo venham nos encontrar, logo cheguem para nos resgatar. Talvez.

Ouvimos o ronco de um motor de carro estacionando, abaixo do anfiteatro. Pressionamos o ouvido na parede, que roncou através de nós. Ouvimos portas baterem. Passos começaram a subir a trilha em nossa direção.

— Quantos? — perguntei.

A terra esfarelou quando Mortimer pressionou o ouvido com mais força. Seus lábios se abriram.

— O que foi? — eu quis saber, assustada.

— Nada. É só que... não parece que a mamãe está com eles.

Ele tinha razão. Não ouvi o rangido da cadeira de rodas, nem os gemidos que ela dava quando era carregada.

Minha respiração ficou presa. Os músculos se enrijeceram em um nó na garganta. Os passos deles eram como um relógio marcando o tempo para o fim do mundo.

E então eles estavam sobre nós. De joelhos no chão. O cadeado chacoalhou, depois fez um clique. A terra no interior da calha deslizou levemente quando a porta do alçapão se abriu.

— Crianças? — Estremeci ao som da voz de papai. — O que aconteceu? Vocês estão aí embaixo? — Meus olhos encontraram os de Mortimer. A vida ainda pulsava ali. Talvez não devêssemos ter esperado nosso pai. Talvez estivéssemos mais seguros sozinhos. Se ficássemos quietos, quem sabe ele desapareceria. Se não falássemos, quem sabe iria embora. Talvez ele pudesse ser convencido de que Deus viera nos buscar mais cedo. — Hannan, comece a cavar.

Meu coração deu um salto. Caspar não estava lá.

A terra começou a cair, se acumulando pelo chão até se espalhar a nossos pés. Ele nos encontraria. Continuaria cavando até nos encontrar, nos matar, para depois poder alvejar nossos ossos perfeitos de crianças.

— Papai! — chamei. — Onde está o Caspar? Ele está com vocês?

A terra cedeu, abrindo-se para ele. O primeiro fragmento de luar incidiu na parede do fundo da caverna.

Mortimer puxou a arma do cinto. Estremeci, mas ele segurou meu cotovelo e a colocou em minha mão.

Meneei a cabeça.

— Eu não quero fazer isso.

Tentei devolvê-la, mas ele se recusou a pegar.

— Por favor, Castley. Você é a única. Só você tem força suficiente para usar isso.

Dessa vez, o significado exato de suas palavras me atingiu. Ele queria que eu matasse nosso pai. Ele queria que eu matasse o papai.

— Não! Eu não posso! Você não pode estar...

— Castley, ele é um assassino. Ele vai matar a gente, você mesma disse isso. Ele matou o Caspar. — Primeiro eu achei que ele estava falando do meu Caspar e congelei por dentro. Mas aquele Caspar, o Caspar escondido sob o solo, era meu irmão também. Talvez ele tenha agido mal e papai o tenha trancado aqui embaixo, para cumprir penitência. Talvez ele tenha morrido aqui embaixo. E, quando papai encontrou o corpo, em vez de chorar, contou a si mesmo uma história que explicava a vida sem culpas, uma história sobre Deus e ressurreição.

Um buraco negro se abriu na terra. Foi crescendo em círculo, cada vez mais, e dedos brancos surgiram a sua volta. A escavação foi interrompida.

Um tênis sujo apareceu na abertura. Hannan deslizou para dentro da caverna. Quando ele nos viu, ficou boquiaberto. Estávamos encolhidos no canto mais distante, embaixo de um dos desenhos horríveis de papai. Eu tinha uma espingarda apontada, e a mão de Mortimer ajudava a mantê-la firme.

Sai!, Morty avisou com um movimento dos lábios, enquanto a terra se mexia atrás dele. Mas, em vez de sair da frente, Hannan avançou.

— Meu pai, espere! — Ele estendeu os braços, aproximando-se de nós — Volte! Não desça!

O tênis de papai apareceu, oscilou como um pêndulo, depois sumiu

— O que foi, meu filho?

— Hannan, saia do caminho — Mortimer rosnou. — Pare de proteger o papai.

— Ele quer matar a gente, Hannan — Del interveio. — Ele quer matar todos nós.

— Os ossos de Caspar estão aqui embaixo. Caspar, nosso irmão mais velho, trancado em um baú como um monte de sucata.

Hannan balançou a cabeça. Seus olhos pareciam soltos, rodando nas órbitas. Ele ainda usava o uniforme de futebol, que estava manchado de barro, mas cheirava a sangue.

— É o diabo — disse ele. — Vocês caíram sob a influência do diabo. Como ela.

— Hannan, eu não estou... — comecei.

— Não você. — Ele enxugou os olhos, deixando atrás uma risca larga de algo escuro. — Mamãe.

A arma ficou mole. Mortimer tinha baixado a mão. Senti meus dedos, a sujeira das unhas, o peso, o peso terrível da arma.

— Hannan, onde ela está? O que aconteceu?

— Hannan, o que está acontecendo aí embaixo? — A voz de papai parecia vir de quilômetros, anos-luz de distância. — Eu vou descer.

— Eles têm uma arma! — Ele esfregou o rosto com uma das mãos, levando o cabelo para trás, e cambaleou em nossa direção.

— Onde está a mamãe, Hannan? O que aconteceu?

— Ela foi para um lugar melhor.

Meu coração pareceu falhar. E, dentro do crânio, outro coração cresceu e começou a martelar furiosamente.

— E o Caspar, onde está o Caspar?

— Ela está com o Caspar agora. — Ele oscilou e levou as mãos para a frente, tentando recuperar o equilíbrio no vazio do ar. Cambaleou até tão perto que pude sentir sua respiração.

A arma estava tão pesada. Os olhos de Hannan eram tão escuros.

— Castley, não solte! — Mortimer gritou quando Hannan desabou sobre nós.

Seus dedos passaram pelos meus e se apertaram em volta do cano da arma. E eu não resisti. Soltei a espingarda. Caspar tinha ido embora.

Eu havia pedido uma única coisa a Deus. *Salve pelo menos Caspar.* E nem isso Deus pôde fazer.

Tentei recuperar o fôlego, mas não havia fôlego para recuperar. Eu não conseguia me mover sem meu irmão. Não conseguia fazer nada. Desmoronei no chão. Cerrei os punhos na terra, sentindo a areia deslizar entre os dedos, tanto mais rápido quanto mais eu tentava me agarrar a ela.

Fechei os olhos e vi Caspar em pé ali, tão claro quanto tudo o mais. Perguntei-me se era isso que Deus era, algo em que se acreditava por necessidade. E o que o Deus em Caspar diria? O que o Deus em Caspar me mandaria fazer?

Eu sabia que devia desistir. Era isso o que uma pessoa normal teria feito. Mas eu não era uma pessoa normal. Durante toda a minha vida estive me preparando para aquele exato momento, o momento em que perdesse tudo. Tudo pelo que eu passei, tudo pelo que meu pai me fez passar, foi conduzindo àquele ponto. E, embora eu não fosse grata por nada do que acontecera, embora não fosse o que eu teria escolhido, eu havia conhecido minha própria força por causa de tudo isso. Porque eu não me tornara mais forte por causa das coisas que tive de enfrentar. Não era assim que funcionava. Tudo pelo que passei me fez perceber como eu já era forte.

Minha casca se rompeu, e minha nova pessoa interior tomou seu lugar. Uma pessoa sólida, mais forte do que eu jamais poderia ter imaginado. Uma pessoa que podia fazer qualquer coisa. Uma pessoa completamente destemida. E o mais louco era que essa pessoa estava ali dentro o tempo todo. Ela me parecia mais natural do que qualquer uma de minhas personalidades anteriores. Ela era a Castley real.

Com a arma segura sombriamente nas duas mãos, Hannan voltou até a calha.

— Está tudo bem agora, papai. Está seguro.

Mortimer se agachou e se inclinou para a frente. Uma de suas mãos estava apoiada em meu joelho, apertando tão forte que acionou meus reflexos. Seus pés deslizaram pela terra. Os quadris se levantaram.

— Morty, não! — gritei quando ele se lançou sobre Hannan.

A arma disparou, ecoando pelos Aposentos de Deus. Por um momento, a imagem de Mortimer pareceu ficar parada no ar, como um espécime pálido fixado ali. Depois, ele desabou no chão.

— Ah, meu Deus — ele disse. O sangue se espalhou em um círculo cada vez maior, encharcando o tecido branco de sua camisa.

Hannan caiu.

— O que foi que eu fiz?

Apoiei as mãos na terra e me forcei a levantar. Minha cabeça girava, pesada devido ao novo coração que crescia ali. Hannan enrijeceu. Eu o via através das mechas dos cabelos. Ele apontou a arma. Vi seus lábios escuros.

Então ele a virou para trás, abriu a boca e beijou a ponta do cano.

— Hannan, não!

A arma estalou. Vi fumaça saindo entre seus lábios. Mas ele ainda estava lá. Por algum milagre, ele ainda estava lá.

As balas acabaram.

Corri para Morty.

— Você está bem?

— Eu pareço bem? — ele respondeu com irritação, segurando o ombro.

— Precisamos fazer um torniquete. — Rasguei a barra do vestido e a enrolei em seu ombro, enquanto ele gritava em protesto.

A terra tremeu, depois se movimentou. Papai estava descendo pela calha. Ele apareceu, endireitou o corpo. Seu rosto estava branco como o de um fantasma. Seus olhos tinham aquela névoa Cresswell, a que eu reconhecia de um milhão de dias ruins, a que gritava *infância*.

— Precisamos levar o Morty para o hospital! — gritei. Achei que, se eu gritasse bem alto, se realmente berrasse, talvez ele me ouvisse.

Papai pôs a mão no ombro de Hannan, se inclinou e pegou a espingarda.

— Vocês estão vendo, está na hora. Isto é o que vimos; isto é o que eu vi. É como acontece. Esta é a vontade de Deus. — Levantou a arma na frente do rosto, como se não tivesse certeza de que ela estava lá, e passou o dedo pelo cano.

Senti Del e Jerusalem, uma de cada lado de mim. Eu me levantei.

— Não está na hora. Deus quer seu nome de volta. Você já o usou por tempo demais.

— Desta vez, Castella, você pode ser a primeira. — Papai ergueu a arma. Estava quase bonito, cercado pelas espirais sombrias da própria visão alucinada. Eu o vi assim, bonito, pela última vez. Fechei os olhos e senti o ar passar por mim, através de mim. Não havia restado nada.

— Claro que a última maldita bala tinha que ser para mim — Mortimer disse, tossindo, agarrando-se a minha saia.

— Vamos levar nosso irmão para o hospital — falei, inclinando-me para ajudá-lo a levantar. — Venham, Del, Jerusalem. Ajudem o Morty a ficar em pé. Tirem ele daqui. — Elas vieram e apoiaram Mortimer para que ele atravessasse a caverna.

Papai piscou para a arma, depois a segurou como se fosse um porrete.

— Se vocês o levarem para o hospital, o Hannan vai ser preso.

— Eu vou ter muito prazer em dizer que foi você que atirou — respondi. Papai avançou envolto em um clarão branco, as asas moventes de uma pomba. A dor explodiu em minha face. Caí de joelhos na terra, e ele veio para cima de mim outra vez. Del e Jerusalem congelaram. — Saiam daqui! — gritei para elas. — Por favor! Por Morty!

Mortimer gemeu quando elas recomeçaram a andar.

Corri sobre as mãos e os joelhos até o canto mais escuro, em direção ao baú. Papai veio depressa atrás de mim. *Os ossos, vou pegar os ossos, vou pegar os ossos e lhe dar o que ele merece. Os ossos, e ele vai ter o que merece...* Ele levantou a arma sobre minha cabeça com a postura de um justo.

— Que Deus me dê forças — disse ele. Enfiei a mão dentro do baú.

Crack. Pequenas estrelas apareceram por toda parte, decorando as paredes vermelho-sangue da caverna.

— O que você fez? — papai falou.

Baixei nas mãos os restos rachados do crânio de meu irmão. Eu o havia usado como escudo. Papai recuou, em horror.

— O que é isso? — Hannan perguntou.

A cabeça de papai se virou de imediato.

— Você não reconhece seu próprio irmão? — respondi, pousando os pedaços no chão a minha frente.

— Irmão? — Hannan repetiu.

— Caspar — falei. — O primeiro Caspar. O Caspar que ele matou. Papai recuou, confuso, a espingarda pendente ao lado do corpo.

— Eu não...

— Você alvejou os ossos dele! — gritei. — Por quê? Por que você fez isso? Por que o matou? Por que o enterrou aqui? Por que tentou enterrar todos nós? Nós podíamos ter feito tudo. Podíamos ter tido uma vida normal. O que você queria?

— Mais — meu pai disse, com a voz fraca. O vidro havia se quebrado, temporariamente; havia algo vivo dentro dele. Algo tão pequeno que praticamente já não existia. Ele encolheu os ombros. — Eu só queria mais.

— O senhor matou o Caspar? — Hannan perguntou. Sua expressão era estranha. Eu não entendi por quê, mas então percebi que era por ser a primeira vez que eu via seu rosto registrar alguma emoção. — O senhor matou meu irmão mais velho?

Hannan se moveu da maneira como diziam que se movia no campo de futebol: como se tudo tivesse sido predeterminado. Arrancou a arma da mão de papai. Ele era fisicamente maior que papai, que recuou, acovardando-se quando meu irmão se aproximou mais.

— Você atirou no seu próprio irmão! — papai gritou. — Você ficou olhando enquanto eu matava a sua mãe! Esta é a obra! Esta é a nossa obra santa! A terra ficou velha demais para nós! Nosso lugar é no paraíso, juntos! Unidos no paraíso para sempre!

— Eu não acho que você vai conseguir entrar lá. — Levantei do chão. Mortimer estava certo; eu era a única suficientemente forte para aquilo. Fui rápida para tirar a arma das mãos de Hannan. Meus cabelos voaram em chamas pálidas quando me virei para encarar papai.

— Menina burra. — As costas dele bateram na parede. — Acabaram as balas.

— *Tsc, tsc, tsc...* Ah, papai, achei que o senhor tivesse mais fé do que isso. — Deslizei os dedos pelo cano da arma. — Se eu pedir a Deus para me dar mais uma bala, o senhor acha que ele faria isso? — Apontei a espingarda para a têmpora dele.

Seus lábios se contraíram nervosamente. A mandíbula tremeu. Uma faixa grossa de suor se formou em sua testa.

Olhei para Hannan e fiz um sinal com a arma na direção da saída. *Depressa*. Ele foi ajudar as meninas a puxar Mortimer pela calha.

— O senhor acha que, se eu tiver fé, muita fé, Deus faria uma bala aparecer?

Papai olhava para a arma com uma intensidade maníaca.

— O senhor acha que Deus faria isso? — O último tênis desapareceu no alto da calha. Recuei em direção à saída e fiz pontaria. — Acha que Deus faria isso por mim?

DEZESSETE

A arma não tinha balas, claro que não, mas às vezes não é preciso ter balas. Só é preciso ter fé.

Meus pés se moviam tão rápido que o chão girava diante de meus olhos. As árvores passavam velozmente e ficavam para trás de mim.

Quando cheguei ao estacionamento, Hannan, Del, Baby J e Morty já tinham entrado no carro. Estavam sentados, com os olhos apontados para a frente, como se desejando que ele se movesse com a força do pensamento.

— Não tem chave! — Del gritou. — Não tem chave! E o Morty está começando a ficar inconsciente!

— Merda. — Parei tão depressa que escorreguei. Meus olhos se prenderam aos de Hannan. A chave estava com papai. — Preciso voltar.

Ele saiu do carro.

— Espere. Eu vou com você.

— Não. Fique com o Morty. Veja se consegue fazer ligação direta. Nós o trancamos lá embaixo. Ele não vai poder me machucar. — Acho que Hannan sabia que eu não confiava nele, mas era mais que isso. Eu não confiava em ninguém. Nem em mim mesma.

Subi sozinha os degraus até o anfiteatro. Era meio da noite. Em algum lugar a distância, meus colegas adolescentes provavelmente dormiam, sonhando na cama. Dessa vez, porém, eu não quis ser como eles. Eu estava acordada agora. Eu era diferente, mas não do jeito que ele dizia que eu era. Eu era especial, mas não porque ele me fizera assim.

O caminho era longo, e meus pés estavam pesados. As árvores se abriam conforme fui subindo a colina, então, de certa maneira, era como estar subindo para as estrelas, para o céu. *Você queria que encontrássemos a salvação e, de certo modo, eu encontrei.* Eu não sentia mais medo. Estava cansada e viva.

Quando subi o último degrau, um som rouco me escapou dos lábios. O alçapão estava aberto. O Túmulo se escancarava diante de mim, parecendo se alargar cada vez mais. Passei os olhos pelas fileiras de arquibancadas vazias.

— Papai! Eu sei que o senhor está por aí! — Minha voz ecoou, reverberando em círculos. Subi no palco para enxergar melhor. Mas vi apenas o céu e o bosque. As árvores afundavam as raízes, como se estivessem acumulando força. A anos-luz de distância, uma estrela cintilava.

O palco me fez pensar, estranhamente, em meu ensaio daquela tarde, e recitei as falas das bruxas, alto e claro.

— "Quando teremos nova reunião? Será em chuva, raio ou trovão? Quando a confusão for decidida, quando a batalha estiver ganha e perdida."

— Castley! — uma voz chamou a distância.

Estremeci e me virei, vendo Caspar vir em minha direção. Corri ao encontro dele, porque era isso que a cena exigia. Toquei seu rosto com as mãos, pressionando os polegares na pele macia e limpa.

— Você está aqui! Eu pensei que estivesse...

— Cadê o papai? — ele perguntou.

Ergui a cabeça em direção ao céu.

— Não sei. Desapareceu.

— A polícia está aqui. Estão chamando uma ambulância para o Morty.

O policial Dell Hardy apareceu, subindo os degraus de lado, com o revólver apontado para baixo.

— Onde está o atirador?

— Fugiu — respondi.

— Vocês dois, voltem para o estacionamento. Este não é lugar para crianças, estão ouvindo?

Caspar me ajudou a descer do palco. No caminho, passamos por outro policial. Eu não tinha controle sobre meus pés, que se trançavam. A súbita calma ronronava como um zumbido em meus ouvidos. Minha cabeça parecia leve. *Veja todas essas lindas árvores.* Segurei a mão de Caspar.

— Como você sabia que a gente estava aqui?

— A mamãe. A mamãe nos contou — disse ele.

Eu me agarrei a seu peito.

— Ela está viva?

Ele desviou o olhar.

— Não. Mas acho que ela queria... — Ele parou e fez um som com os lábios fechados, para conter as lágrimas. — Ela disse que sentia muito.

— Não, acho que não.

— Mas deveria.

Passamos por uma árvore com uma estrela branca entalhada no tronco. Parei e me desequilibrei. Caspar me segurou.

— O que foi, Castella?

— Eu nunca entalhei isto. — Ergui o dedo, indicando a estrela estreita. — Tenho certeza. Eu me lembraria. — Levei o dedo até ela e pressionei a ponta com tanta força que meu dedo pulsou.

— Alguma outra pessoa deve ter entalhado — ele falou.

— Mas quem? Quem fez isso?

Ele me apertou contra o peito, tão forte que nosso coração bateu em uníssono.

— Isso importa?

— Não. — Suspirei. — Acho que não.

PRIMAVERA

Estávamos no telhado outra vez, ajudando a limpar as calhas da sra. Sturbridge. Ela preparava limonada para nós, embora a primavera estivesse no início e ainda vestíssemos blusão e casaco.

Mortimer estava no chão, conversando com tio Michael sobre algo que ele tinha visto na tevê. Hannan e Delvive tinham ido à igreja com Emily Higgins. Jerusalem, em pé logo abaixo de nós, com seu cavalete, pintava a casa enquanto nos equilibrávamos no alto dela.

Se alguém tivesse me contado seis meses antes que estaríamos todos juntos ali, daquele jeito, eu nunca teria acreditado. Nunca teria imaginado. Mas a vida é assim; ela nos cega. Ela nos faz pensar que não conseguiremos escapar nunca. Mas é possível conseguir. Só temos que continuar lutando, mesmo que, às vezes, nem saibamos direito pelo que estamos lutando.

— As árvores estão tão bonitas, não é? — Amity comentou, aproximando-se por trás de mim. — Com todas essas folhas novas.

Estremeci. Não era nas árvores que eu estava pensando. Era em alguém que eu conhecia e que tinha desaparecido. Desaparecido e nunca mais encontrado, vivo ou morto. Olhei para Caspar e percebi que ele estava pensando o mesmo.

— É — concordei. — Muito bonitas. — E voltei ao trabalho.

Eu costumava pensar que devíamos aprender alguma coisa com todas as situações, que a vida toda era uma grande lição, mas não acho mais que isso seja verdade.

Protejo minha mente e meu coração, porque é preciso ter cuidado com o que se aprende; é preciso ter cuidado com quem se deixa entrar. Algumas pessoas podem ser bonitas ou falar bonito, mas é o que elas fazem que nos indica se merecem ou não nosso tempo. É o que elas fazem que nos indica se merecem nossa fé.

AGRADECIMENTOS

*E eis que, se deus quiser, você chegará ao outro
lado da vida e encontrará a felicidade pela qual
todo homem anseia, amor, vida + liberdade.*
— Alan Wass

Tenho de me perguntar qual é o sentido de escrever um agradecimento para alguém que nunca o lerá, mas, onde quer que você esteja, no tempo ou espaço ou em algum lugar fora disso, este livro não existiria sem você. Eu não existiria sem você, porque seria alguma outra pessoa. E, graças a você, sou uma versão melhor de mim mesma. Você acreditou em mim, me apoiou, me inspirou, me deixou louca, mas, acima de tudo, você me amou, eu por inteiro, pelo que eu era e pelo que queria ser, e não pelo que você queria de mim. Este livro, e tudo o que eu sou, é para você, sempre.

Obrigada, Hortensia Perez, que me ajudou a enviar meu primeiro livro para um endereço aleatório em Hollywood que encontramos online. Eu lhe disse que algo iria acontecer. Gostaria que você estivesse aqui para ver.

Agradeço a minha editora, Emily Meehan, e a sua assistente, Hannah Allaman; a minha preparadora de texto, Kate Hurley; a minha designer gráfica, Maria E. Elias; e à equipe da Hyperion.

Agradeço às minhas agentes, Madeleine Milburn e Cara Simpson.

Obrigada a meus pais, Kit e Jim; aos meus irmãos, Tim, Noah, Seth, Christina, Emma, Beverly, Colton e Thomas; à minha família Brazier: Carrie, Kiersten, Shayne, Josh, Brad, Nick e Cassie; aos meus sobrinhos e sobrinhas Brazier: Elena, Lydia, Rocky, Boston, Jonah, Rachel, Abram, Nigel, Chase, Georgiana, Sienna, Charlie, Ezra, Eli, Peter, Henri e Grant; e à família Wass: Chris, Angela, Mandy, Caroline, Alison, Vanessa, Fab, Josh, Lillie, Harry e Leo, por todo o amor e o apoio.

Um agradecimento especial a TODOS com quem me conectei no Twitter. Este livro chegou à forma final graças a seu apoio, conselhos e críticas, às vezes em uma mensagem direta, às vezes em um tuíte. Obrigada por me ensinarem que, onde quer que eu esteja, pelo que quer que esteja passando, sempre há alguém com quem conversar, reclamar, compartilhar nesta experiência tortuosa e maravilhosa que chamamos de escrita (e que às vezes atende pelo segundo nome, "vida").

Aos leitores, estou ansiosa para ouvir suas opiniões. Vocês são a razão de eu ter começado a escrever (e a razão de eu ter escrito uma tonelada de fan fiction). Todo este lance de publicar é só uma maneira de fazer a história chegar até VOCÊS.

Também gostaria de agradecer ao futuro, por estar logo além do nosso alcance e por nos seduzir com as possibilidades do que podemos ser um dia.

Impresso no Brasil pelo Sistema Cameron da Divisão Gráfica da
DISTRIBUIDORA RECORD DE SERVIÇOS DE IMPRENSA S.A.